Moware Isogawa
急川回レ
illust.
なたーしゃ
だって君の好きな聖女様、私のことだからね
ャルちゃんの
アドバイスは100%当たる

「オタクさんにとって
私は【癒し】ですもんね？」
表 憧れの聖女様

表川結衣
Omotekawa Yui
文太が朝の電車で見かける他校の美少女。
密かに「聖女様」と呼び、日々癒しを(一方
的に)受けている存在。

「ごめんねえ。
脚が長くてモデルみたいな
美人ギャルの方で❤」
裏
オタクに優しい(いじわるな)ギャル!?

裏川さん
Urakawasan
聖女様と同じ学校に通う彼女の親友
……というのはウソで、実はギャルに
姿を変えた結衣本人。

「――じゃ、まずは私で試してみよっか？
親友のためなら仕方ないじゃん？」

兄さん、最近様子がおかしい。
友達でもできた？

いや、兄さんに友達ができるわけがない。酷なことを聞いた

せめて返答を待ってよ！？
友達くらい僕にもできるよ！

近所の猫？

人間だよ！

土屋舞 Tsuchiya Mai

平凡でオタクな文太とは正反対な、
文武両道で才色兼備の妹。
クールで毒舌家だが本当は……？

プロローグ

土屋文太にはささやかな幸せがある。

通学電車内で聖女様——表川結衣を一目見ることだ。

（ああ……癒される）

土屋が座っている対角、端席に座る表川の外見は文字通り〝目の保養〟である。

神秘的な輝きを放つ黄金の河を連想させる金髪は、三つ編みのハーフアップ。白磁のように滑らかな肌には傷ひとつない。

容貌を形成する部位は一級品。

それでいて美人特有の近寄りがたい棘がない。

所作には気品があり、育ちの良さを感じさせる。

事実、表川が身にまとうのは名門私立学園の制服。正真正銘の令嬢だ。

見返りを求めず、見る者を圧倒的な視覚情報で癒す姿はまさしく聖女のよう。

非の打ち所などあろうはずがない。

（聖女様ならオタクにも優しく接してくれるかも——なんて考えちゃう勘違い野郎がストーカーになったりするんだよね）

土屋文太は自己評価に長けていた。

容姿、学力、運動神経、内面が凡庸と自覚している彼は聖女様とお近づきになりたい下心がありながらもそれを態度に出さない。

（下手に話しかけて変質者扱いされたら二度とお目にかかれなくなるからね。それは是が非でも避けたい！）

オタク趣味を満喫するため、新聞配達をしている土屋にとって、疲弊した肉体を癒してくれる表川を拝することは大切な生活の一部。

だからこそ彼は不快な思いをさせない配慮を欠かさない。

一定の距離以上は近づかない。声をかけない。凝視しない。視界の端に映る程度の座席を選ぶ。視線を漫画やゲームに切り替える。

挙動不審と清潔感に細心の注意を払う。

舐め回すような視線、性的な視線は論外。

あくまで遠目から勝手に癒される。期待も勘違いもしてはいけない。
故に土屋は表川の名すら知らなかった。知る必要すらないと考えている様子である。
他校に通う高嶺の、否、異世界の花、聖女様。
一方的な関係であることを自覚し、感謝を忘れない。
徹底した人畜無害の遂行。
それが土屋文太の信条であり、慰安してもらっている者の礼儀。
悪く言えばヘタレ、意気地なし。良く言えば身の程を知る。
それがどこにでもいる男子高校生、土屋文太である。

よもやこの日常に異変が生じることなどこのときの彼はまだ知るよしもなかった。

○●○

表川結衣には二つの顔がある。表と裏である。
前者は名家の令嬢であった。
表川の名を背負うということは言動に責任が伴うことである。

故に公共生活――周囲に他人の目がある環境――において仮面を決して外さない。

当初こそ女優のごとく切り替えていた彼女だが、現在では人格の一部になっていた。装うことを意識せずとも表川家の令嬢としてふさわしい言動を取ることができる。

では後者。裏の顔。これこそ表川結衣の本性であった。端的に言えばギャルである。流行に敏感。好奇心旺盛。メイク、ファッションに目がなく、イベントを愛する。情報発信もしくは収集のためにSNSは欠かせない。

令嬢としての表川を知っている者からすれば想像できないが、本来の彼女はノリが良く、誰にでもフレンドリー――話すことが大好きな女の子であった。


（うわあ……またオタクくんこっち見てんじゃん）


オタクくん――とは表川がつけた土屋文太のあだ名である。

通学電車内、令嬢モードの表川は視線に気がついていた。

しかし、異性に対して向けられているものかと問われたら首を傾げずにはいられない様子である。

（うーん、やっぱりギラついてない。〝モノにしてやる〟野心を感じないというか。視線を感

じた次の瞬間にはもう漫画やゲームに夢中だし。もしかして一目見るだけで満足してるとか？わっかんないなー）

もはや語るまでもないが、表川結衣はモテる。

表川グループの長女ともなれば、その恩恵に与りたい男は絶えない。

経営者はもちろん、スポーツ、芸能、エンタメ関係者と、ありとあらゆる職種・人種からアプローチされ続けている。

人間観察には事欠くことのない環境。故に表川は幼い頃から人を見る目が養われてきた。

（私を一目見たオタクくんって憑き物が落ちたような顔をするんだよね。嫌な視線も全然感じないし……よし！　ちょっと探り入れちゃおっと）

それは気まぐれ。そうとしか言い表せない行動原理であった。

一日の大半をお嬢さまとして過ごさなければいけない環境に歪みがたまっていたのかもしれない。

この思いつきが表川結衣と土屋文太の奇妙な関係をつくるきっかけである。

表川結衣（おもてかわゆい）

名門私立学園に通う
名家の令嬢。
常にお嬢様としての姿を
求められる彼女には
【裏】の顔が……？

土屋文太（つちやぶんた）

オタクくん。

uragalchan no
Advice ha 100% ataru.

裏ギャルちゃんのアドバイスは100%当たる
だって君の好きな聖女様、私のことだからね
Maware Isogawa
急川回レ
illust.
なたーしゃ

第一話

【土屋文太（つちやぶんた）】


やっぱりひ弱な僕に深夜アニメリアルタイム視聴からの新聞配達は荷が重かったか……！

こういうときは聖女様！　聖女様を一目見てとにかく体力回復だ！

それから仮眠すればなんとか今日一日を乗り切れるはず。

妹から「兄さんは身体（からだ）が弱いから無理しない方がいい」と忠告されていたにもかかわらず、睡眠時間を削ってアニメ視聴。

愚か、の一言だよね。計画性皆無。身体だって丈夫なわけじゃないのに。

さて、ここらで軽く僕という人間に触れておこうか。もしかしたら世界の外側から観測している生命体がいるかもしれないし。

土屋文太、十七歳。どこにでもいる男子高校生。貴方を一言で表すと？　凡人です。

もし観測者が実在するなら先に言っておくよ。

――以上！

僕を覗き見てもつまらないから！　だって何も起きないし。

特筆すべきことがない僕と違って話題に事欠かないのが聖女様だ。

僕自身に関しては本当にこれ以上語ることがないからね。

閑話休題。

彼女との出会いは半年前。新聞配達のバイトを始め、通学電車の乗車時間が早まったことがきっかけだ。

最初目撃したときの衝撃？　天使が降臨したかと思いましたが？

とうとう天国行きの電車に乗車してしまったと本気で信じてしまいましたが？

もうね、視覚から得られる多幸感がハンパじゃない。同じ人間ですかと問いたくなるような外見。もはや美の暴力。

おかげでお金欲しさに始めた新聞配達も聖女様見たさに続いていると言っても過言じゃない。

昔の人は素晴らしい言葉を遺したよね。

早起きは三文の得って。

傾倒しているオタク趣味なら、ここで僕と聖女様がボーイミーツガールに……なんて妄想してしまうところだけど、生憎、僕は現実主義者。

現実と虚構の区別はついているつもり。

だから僕は視界の端に切れるか切れないかぐらいで捉えることを徹底している。

見知らぬ他人であるわけだし、面識のない男からジッと観察されたら、女の子は不安と恐怖を抱くよね。

というわけで今日もさりげなく聖女様を視界に入れようと乗車したわけだけれど。

……なん…………だと⁉　今日にかぎって聖女様がいない⁉　嘘だッ！

挙動不審と思われないよう空いている席を探すふり。

さりげなく視線をさまよわせる。この半年間で習得したドーピングすれすれの技術。

神は僕を見捨てたもうか。なんという酷い仕打ちだ！

甘んじて地味ヅラを受け入れている僕のささやかな幸せ、楽しみさえも取り立てるなんて。

許すまじ神の暴挙。

聖女様を一目見ることができない。その事実を認識した僕は立ちくらみに襲われていた。貧血だ。リアタイからの配達という無理が原因に違いない。貧弱すぎる……！

ふらふらとさまよい、空いている席を見つけて、適当に腰かける。

頭を垂れて落ち込む僕は真っ白に燃え尽きていたことだろう。

「ずいぶんと落ちこんでるじゃん。もしかしてお目当てに会えなかったとか？」

「うん。マイスイートエンジェルがいなくて——ん⁉⁉⁉⁉」

あまりに自然に話しかけられたものだからつい、こう、ぬるっと。口が滑っていた。

話しかけられていたことを自覚した次の瞬間、ふわりと漂ってくる香り。

脳が咄嗟（とっさ）に弾（はじ）き出（だ）したのは女の子特有の甘い匂いだ。

女っ気皆無の僕にどうしてそんな記憶があるのか。もちろん身内の妹から得た五感情報。

座席が若干沈むような感覚と軋（きし）む音。

気配を感じる先に恐る恐る視線を向けるとそこには——。

——聖女様、

に似ても似つかない、ギャルが座りこんでいた。

腰ほどまである艶（あで）やかな金髪ストレート。制服を花魁（おいらん）風に着崩し、短いスカートからは大胆

長い脚を組んでいるおかげで色々と色々になっている（語彙力消滅。つまり見えそう）。化粧は控え目ながらも、ばっちり素材の良さが引き立ち、こだわりは指先まで到達。ネイルもバッチリだ。

妥協を許さない着こなしと外見だ。

聖女様の属性を『癒』と表現するなら目の前の少女は『棘』。

僕のような内向的な人間と一生関わりがないような美少女ギャル。

本能がギンギンに警笛を鳴らしていた。

綺麗な花には棘がある、ハニートラップなんて言葉が慌ただしく脳内を駆け回っていた。

「えっ？　あのっ、誰⁉」

おかげで素っ頓狂な声が漏れる。

こっ、こういうことって本当に起きるんだ。

「はじめまして。ちょっとだけいい？　聞きたいことがあるんだけど」

「恐喝ですか⁉」

「……へえ。私ってそういう女に見えるんだ」

「お金ならありません！」

「こいつ！　本当に奪い取ってやろうか」

「ひぃっ！」

「……いや、嘘に決まってんじゃん。本気で怯えないでよ。悪いけど本題に入らせてもらっていい？　オタクくんさ、いつもこの車両で女子生徒のこと見てるよね。どういうつもり？」

鋭い眼光に心臓が跳ね上がる。僕を見極めようとしているのがヒシヒシと伝わってくる。

ギャル怖い！

恐怖のあまり震え上がってしまいそうだ。本来なら頭が真っ白になっていたと思う。

けれど彼女の言葉は僕を現実に引き戻すのに十分すぎるものだった。

聞き流すことなんてできるわけがない！

──いつもこの車両で女子生徒のこと見てるよね？

ばっ……バレてる……⁉

いつも聖女様を視界の端に入れていたことがバレてた⁉

いや、やましいことはしていない。見ていたことはたしかに事実ではあるけれども、できるかぎりの配慮はしていたはず。

少なくとも変質者・変態に思われないようにはしてきたつもりだ。

というか、いきなり全く見知らぬ女子からそれを問い詰められるとかどういう状況⁉

　一体僕の身に何が起きてるんだ！

　突然、降りかかってきた災難（？）に言葉を詰まらせながらも慎重に選ぶ僕。

「女子生徒というのは……」

「これ見てわかんない？」

　言われるがまま彼女を注視すると見覚えのある制服が目に入る。

「まさかその制服……」

「そっ。あの子と友達なの。実は視線を感じるって相談されてたんだよね」

　と聞いた途端、僕の全身からサァーと血の気が引いていく。

　まだわからないことだらけにもかかわらず、点が線になったような感覚。

　相談を、していた……？

　ということは僕の視線に不安や恐怖を覚えていたってこと……？

　それは――本意じゃない。いや、『あってはならない』ことだ。

　聖女様は僕にとって恩人。毎日を楽しく過ごすエネルギー、生きる糧を与えてもらっていたと言っても過言じゃないわけで。

　不安にさせてしまっていたのなら、恩を仇で返すような行動。

　――言い逃れなんてできるはずがない。

だからこそ僕はしっかりと彼女の目を見据え、その奥にいるであろう聖女様に誠心誠意謝らなければいけない。

「ごめんなさい」

「……ふーん、あっさり認めちゃうんだ。まっ、誰にでも優しそうだし、僕でも仲良くなれる、って妄想しちゃうのも無理ないよね」

「そこは待って欲しい！　たしかに僕は彼女のことを目で追っていた。そこは認める。けれどやましい気持ちで見ていたわけじゃない！」

「女の子を視線で追っておいて、気がない、は苦しいんじゃない？」

「ぐっ……！　たしかにその通りなんだけれども。ただこれは本当に違うんだ。言葉では表しにくいんだけれど僕にとって彼女は——聖女様なんです！」

「いや、内心で聖女様呼びってヤバいヤツじゃん」

あああぁぁぁー！　たしかに！　大失言じゃないか⁉　急いで訂正を——、

「キモオタであることは認めます。ですけど、決してヤバいヤツではなく！　単純に癒されていたという話で！」

「どうどう。落ち着きなよ」

冷静なら、この訴えは苦しい言い訳にしか聞こえないとわかるんだけど、このときの僕は恩人に誤解されていることが心苦しくて。

だからこそ必死に嘆願してしまっていた。

「不安にさせたり、怖い思いをさせるつもりは本当になくて。だから謝らせて欲しい。本当にごめん」

ああ、なるほど。これは本当に辛い。

僕にとって聖女様は元気を分け与えてくれる存在。恩人だ。そんな人を苦しめていた。これはなんというかこれまで味わったことのない痛みだ。

「異性として狙っていたとかじゃないの？」

「違います」

「即答は即答でムカつくな……」

「えっ、すみません、なんて……？」

「こっちの話」

今後、聖女様と会うことはなくなるだろうけれど、彼女からすれば付きまとわれるかもしれない不安が残るはず。

心の底から反省している態度をこの場で示すことで少しでも恐怖を軽減できれば本望だ。

「遠目から一目見るだけで満足とか断食系ってやつ？　初めて見たんだけど。実在したんだ」

「あの、僕のことをツチノコか何かだと思ってません？」

「はあ？　そんなわけないじゃん」

「そうですよね。そんなわけ――」

「それはさすがに（価値が）低すぎませんかねぇ⁉」

ハッ、いけない。つい反射的にツッコミを入れてしま――、

「――ふーん。そんな反応もできるんだ。うん。悪くない、かな」

「えっ？」

「オタクくんさ、勘違いしてるでしょ。そもそも私、表ちゃんが不安や恐怖を覚えているなんて言った覚えないんだけど」

「表ちゃん？」

「ああ、親友の呼び名ね。オタクくんが聖女様と呼んでる子」

「じゃあ不安や恐怖を覚えてないというのは？」

「ほら、あの娘って見た目が超絶ヤバいじゃん？」

「ええ」

「あっ、認めちゃうんだー。やっぱり下心あったんでしょ？」

ジトッとした目を僕に向けてくる。

「何度だって言いますけど僕は勝手に――」

「──癒されていただけ、でしょ。わかったってば。私が言いたいのは、あれだけ目を惹く容姿をしてれば、悪い虫も吸い寄せられてくるってことで」

「悪い虫……」

ぐっ……！『お前のような』と言われたわけじゃないのになかなかキツい言葉だ。

妹から言われ慣れていると思っていたけれど、いざ他人から聞かされると応えるね。

「とにかく勘違いしちゃう男が多くてさー。ワンチャン、なんて考える輩が多いこと多いこと。だから今回も私が偵察しにきたわけ。不安の芽を摘み取っておくのが、あの子の親友である私の役目ってわけ」

なるほど。関係性はなんとなくわかる。

もしも聖女様が見た目通りの柔和な性格だとしたら、親交を絶っているにもかかわらず、執着する男がいても不思議じゃない。

その点、目の前の少女はずいぶんとハッキリしている性格と言動。

バリバリのギャルである彼女が目を吊りあげて「迷惑だからやめろつってんの」と告げれば僕のようなオタクを撃退するには十分。事実、効果抜群。

「正直に言えば、あの娘から〝向けられる視線がいつもと違う気がする〟って聞いてたの」

異性としての好意が含まれている視線と癒しに向けるそれでは、感じるものが違っていても、ありえると思う。勘の良い女の子ならなおさら。

もしかしたら、その一点でストーカー認定から免れたのかもしれない。

「認めるところは認めて、下手な言い訳もなし。誠意や真剣さから嘘をついているようにも見えないし……はい、職務質問終わり。不愉快だっただろうけど理解してくれると助かるかな」

そう言って軽い身のこなしで立ち上がると、駅到着のアナウンス。

あっ、聖女様と同じ降車駅。同級生だったりするんだろうか。

いや、今はそれよりも！

「えっ、お咎めなしでいいんですか？　二度と聖女様の視界に入るな、とか。通学時間や車両を変えろ、とか」

「だって、やましいことはないんでしょ？」

「それは誓って」

「だったら強要できるわけないじゃん。好きにすればいいんじゃない？」

えっ、ええー？

困惑を隠しきれていない僕を視認した彼女は電車の扉が開くや否や、

「表ちゃんには一言だけ添えてあげる。危ないヤツじゃなさそうだったよーって。だからこれからどうするかはオタクくん次第。じゃあね」

「あの！　最後に貴女のお名前をうかがっても？」

「あー、えっと……裏川、かな。まっ、私の名前なんか覚えなくても全然いいから」

掌をひらひら振って何事もなかったかのように下車していく裏川さん。

対照的に僕はといえば天災に遭ったような気分だった。

えぇーと、つまりなんだ。難を逃れたと思っていいのかな？　被告人は人畜無害！　よって無罪、みたいな？

これからも毎日のささやかな楽しみ──聖女様を一目見てもいいってことだよね？

あぁー、もうダメだ。頭が回らない。なにより緊張の余韻が残って心臓に悪いや。

新聞配達による肉体的な疲労と、裏川さんの面接による精神的な疲弊。

いまになってそれらが一緒に襲ってきた。

もうすぐ学校最寄りの駅だけど仮眠しておこう。

なんとなくオチが頭の片隅によぎった僕は案の定、終点まで寝過ごし、盛大に遅刻することになりました──分かりやす過ぎる！

【表川結衣】

英才教育のおかげもあってか、私は文武両道に育った。

母親の美貌のおかげで容姿も悪くない。

私の数少ない弱点といえば早起きが苦手なことくらい。

鼻につくかもだけど、客観的に評価しても誇張じゃないと思う。

表川グループの令嬢として過ごす生活も間違いなく私ではあるんだけど。

言動に責任が伴う立場が大変じゃないと言えば嘘になるよね、そりゃ。

ぶっちゃけ年相応のくだらない会話や生活に憧れがあったりするわけで。

身内以外、何も考えないで楽しくしゃべったのもいつが最後だったか思い出せないし。

そんな私が令嬢としてではなく【裏】の姿で一人の男子生徒——通学電車で一緒になるオタクくんを見極めようと考えた理由は二つ。

一つめは、立場上それが望ましかったから。

令嬢として軽はずみな言動は厳禁。どこで何を見られ、聞かれているかわからない。

表の顔で異性に声をかけ、あまつさえ自身が通う学校で噂になったりでもしたら——。

面倒なことになるのは必至だよね。

その点、全くの別人として行動すれば要らぬ誤解を招くこともないわけで。

二つめは、退屈していたから。うん、早い話、刺激を求めていたんだと思う。

一日の、否、一年のほとんどを令嬢として過ごす私にとって素で接することができるのは年上のお付き、それも同性だけだから。

表川結衣の【裏】——ギャルとしての外見は令嬢モードとは対照的だった。

我ながら同一人物なんて夢にも思わない完成度。うん完璧。良いんじゃない？　こういう格好してみたかったんだよねー。

準備は万端。それじゃ探りを入れますか。

隣接車両の扉近くから彼の様子を窺う。

オタクくんは……おっ、いたいた。ははっ、探してる探してる。

残念ながらお目当ては別車両なんだよね。

着席したら真意を確認しに——って、めちゃくちゃ落ち込んでんじゃん⁉

この世の終わりみたいな顔してるんだけど！　会えないだけでそんなになる⁉

そこまで求められるとちょっと嬉しいかも。

「ずいぶんと落ちこんでるじゃん。もしかしてお目当てに会えなかったとか？」

「うん。マイスイートエンジェルがいなくて──ん⁉⁉⁉⁉ えっ？ あのっ、誰⁉」

マイスイートエンジェル⁉

えっ、なにその呼び名！ 落ち着け私……！ 反応的に正体はバレてない。

ははっ、誰──か。よもやオタクくんが毎朝目にしている女だとは思うまい。

「はじめまして。ちょっとだけいい？ 聞きたいことがあるんだけど」

「恐喝（カツアゲ）ですか⁉」

違うってば！ えっ、もしかしてヤンキーに見えてるとか⁉

【裏】の見てくれキツかった？ ただのギャルですけど？

「……へえ。私ってそういう女に見えるんだ」

「お金ならありません！」

「こいつ！ 本当に奪い取ってやろうか」

「ひぃっ！」

「……いや、嘘に決まってんじゃん。本気で怯えないでよ。悪いけど本題に入らせてもらっていい？ オタクくんさ、いつもこの車両で女子生徒のこと見てるよね。どういうつもり？」

彼を見極めるため観察眼を光らせる。

「女子生徒というのは……」

「これ見てわかんない？」

「まさかその制服……」

「そっ。あの子と友達なの。実は視線を感じるって相談されてたんだよね」

どうやら状況は呑み込めた様子。

さーて、鬼が出るか蛇が出るか。


「ごめんなさい」

いきなり謝罪⁉　保身だってあるだろうしもうちょっと食い下がるかと思ったんだけど！

苦しい言い訳はなし、と。

演技には見えないし、根は善良？　少なくとも危ない人間じゃなさそうかな……。

「……ふーん、あっさり認めちゃうんだ。まっ、誰にでも優しそうだし、僕でも仲良くなれる、って妄想しちゃうのも無理ないよね」

「そこは待って欲しい！　たしかに僕は彼女のことを目で追っていた。そこは認める。けれどやましい気持ちで見ていたわけじゃない！」

「女の子を視線で追っておいて、気がない、は苦しいんじゃない？」

「ぐっ……！　たしかにその通りなんだけれども。ただこれは本当に違うんだ。言葉では表しにくいんだけれど僕にとって彼女は――聖女様なんです！」

えっ、えええええぇぇぇぇ……？　聖女⁉⁉　異性としてじゃなくて癒しの象徴として私を見ていたってこと？

「いや、内心で聖女様呼びってヤバいヤツじゃん」

「キモオタであることは認めます。ですけど、決してヤバいヤツではなく！　単純に癒されていたという話で！」

「どうどう。落ち着きなよ」

私の探りに対してオタクくんが見せた反応は必死の嘆願。

それも見ているこっちが恥ずかしくなるような熱量。うん間違いない。マジのやつだ。

「不安にさせたり、怖い思いをさせるつもりは本当になくて。だから謝らせて欲しい。本当にごめん」

「異性として狙っていたとかじゃないの？」

「違います」

「即答は即答でムカつくな……」

「えっ、すみません、なんて……？」

「こっちの話」

知人とすら呼べない異性から好意を寄せられるのはうんざりだけど、即答＆断言は複雑だよね。

　女としての魅力がないと言われたようで癇に障るというか。

　だけど、異性から恋愛に結びつけようとされないのって新鮮かも。

「遠目から一目見るだけで満足とか断食系ってやつ？　初めて見たんだけど。実在したんだ」

「あの、僕のことをツチノコか何かだと思ってません？」

「はあ？　そんなわけないじゃん」

「そうですよね。そんなわけ——」

「ツチノコって懸賞金億だから。オタクくんは五〇円ぐらいじゃないの？」

「それはさすがに（価値が）低すぎませんかねぇ!?」

　おっ、良いじゃん。なになに、ツッコミもできるの？　これは私的に結構ポイント高いよ。

「——ふーん。そんな反応もできるんだ。うん。悪くない、かな」

「えっ？」

「オタクくんさ、勘違いしてるでしょ。そもそも私、表ちゃんが不安や恐怖を覚えているなんて言った覚えないんだけど」

「表ちゃん？」

「ああ、親友の呼び名ね。オタクくんが聖女様と呼んでる子」

「じゃあ不安や恐怖を覚えてないというのは？」

「ほら、あの娘って見た目が超絶ヤバいじゃん？」

「ええ」

「あっ、認めちゃうんだー。やっぱり下心あったんでしょ？」

「何度だって言いますけど僕は勝手に――」

「――癒されていただけ、でしょ。わかったってば。私が言いたいのは、あれだけ目を惹く容姿をしてれば、悪い虫も吸い寄せられてくるってことで」

「悪い虫……」

「とにかく勘違いしちゃう男が多くてさー。ワンチャン、なんて考える輩が多いこと多いこと。だから今回も私が偵察しにきたわけ。不安の芽を摘み取っておくのが、あの子の親友である私の役目ってわけ」

オタクくんをチラリ。様子を確認すると真剣な表情ときた。

私の言葉を疑わず信じ切ってる感じ。わかりやすい性格してるなー、ほんと。

「認めるところは認めて、下手な言い訳もなし。誠意や真剣さから嘘をついているようにも見えないし……はい、職務質問終わり。不愉快だっただろうけど理解してくれると助かるかな」

大義名分はあったけど、気持ち良いものじゃなかったよね。

そこはごめん。その代わり――、

「えっ、お咎めなしでいいんですか？　二度と聖女様の視界に入るな、とか。通学時間や車両を変えろ、とか」

「だって、やましいことはないんでしょ？」

「それは誓って」

「だったら強要できるわけないじゃん。好きにすればいいんじゃない？」

ははっ。「えっ、ええー？」なんて心の声が聞こえてきそう。

聖女様ってのも悪い気はしないし、朝の挨拶ぐらいは許してあげようかな。

私の寛大な心に感謝しなよー、オタクくん?

「表ちゃんには一言だけ添えてあげる。危ないヤツじゃなさそうだったよーって。だからこれからどうするかはオタクくん次第。じゃあね」

「あの！　最後に貴女のお名前をうかがっても？」

私（【裏】）の名前⁉　ヤバッ、興味を持たれるのは想定外なんですけど！

「あー、えっと……裏川、かな。まっ、私の名前なんか覚えなくても全然いいから」

本名が表川だから裏川って……我ながら安直。もうちょっと捻ればよかった。

咄嗟だったし、仕方ないけどさ。

下車した私はうーんと背伸びをしながら少し先のことを想像する。

「明日はちょっと早起きしてみようかな」

【土屋文太】

リアルとギャルゲーには共通点がある。

「あれ、お前、現実と虚構の区別ついているって言ってたじゃん。もしかしてボケた？」などと世界の外側から罵倒されそうな冒頭だけれど、どうか語らせて欲しい。

その共通点とは何か。

平凡な男子生徒がなぜか絶世の美女、美少女から好意を寄せられる——ではなくて。

選択肢があること。そう、人生の分岐点が次々と目の前に現れることだ。

もちろん現実の場合はゲームと違って選択肢が表示されるわけではないけれど、脳内で起きていることは同じと言っても過言じゃない。

ご託はいい。さっさとお前に現れた分岐選択とやらを教えろだって？

端的に言うと、これまでと同じ時間・車両に『乗車する』or『乗車しない』か。

昨日、僕は裏川さんという、美少女のギャルに絡まれてしまった。

ここだけ切り取れば本当にギャルゲーの一場面ではあるけれど、実態は犯罪者予備軍としての接触——と言ってもいいんじゃないだろうか。

いや、自分で言っておいて凹むけれど。

どうやら僕の視線はバレバレで聖女様の親友である裏川さんに相談されていたという――。

思い返すだけでも胸が痛くなる現実だ。

期待と勘違いをしてはいけないことは重々承知しており、それを必死に訴えたおかげでなんとか無罪を勝ち取ったわけだけど……。


刹那、電車到着のアナウンスが流れる。

この電車に乗車すればまた聖女様を一目見ることができる。なにより昨日の今日だ。

もしかしたら聖女様の僕に対する評価が『チラチラと盗み見てくる変質者予備軍』から、『普通を体現した人畜無害の男子高校生』にグレードアップしているかもしれない。

いや、スタート時点がマイナスすぎるよ！

楽観視してようやく『凡人』になるとか、脇役偏差値が高すぎないかな⁉

さておき。

通学電車が到着。空気が抜ける音と共に扉が開け放たれる。

それは僕、土屋文太という人間の新たな門出。その始まりと重なる光景。

文字通り一歩踏み出せば新たな旅立ちとなる予感。

裏川さんは「オタクくん次第」と言った。言ってくれた。

その言葉を文字通りに受け取っていいなら、僕に必要なのは乗車する勇気だけ。

恋愛抜きにして、挨拶や雑談、顔見知り程度の関係を構築することができるかもしれない。

いや、期待しちゃいけないってわかってる。

だけど、『乗車する』はそういう展開も内包しているかもしれなくて。

まさしく分岐選択。主人公として、能動的な人生がここから始まる——。

だからこそ僕はこれまでしたことがないような晴れやかな笑みを浮かべ、心地好い風を祝福として受けながら——、

——電車に乗車することなく踵を返した。

脳内炭治郎が「逃げるな卑怯者!! 逃げるなァ!!」と叫んでいるけれど、聞く耳を持つつもりはない。

だって聖女様に嫌われたくありませんし。

不安や恐怖を感じていたわけじゃないと聞いて安心したものの、一歩間違えればそういう感情を抱かせてしまっていたわけで。

それはやっぱり本意じゃない。

つまり僕は聖女様を苦しませたくないのと同時に、それを目にしたくない、というエゴもあって。ましてやその原因が己であることを自覚したくないわけだ。

うん、絵に描いたようなヘタレだね。

これで見納めか……。さようなら聖女様。

長いようで短い半年間でしたけど、もちろん感謝しかないです。

これまで本当にありがとうございました!

【表川結衣】

朝。完全無欠の聖女様で通学しようと起きた私は思わぬ収穫に驚きを隠せないでいた。

あれ……？　もしかしなくてもいつもより体調が良い？

目覚めたときの、あの嫌な低血圧の感覚がないんだけど⁉

私には人生から消し去りたいほど苦手なものが三つある。その一つが起床。

一日の始まりがダル重からってありえないよね。

こっちは爽快に朝を迎えたいのにさ、どうしても身体が受け付けてくれないわけ。

そんな状態で支度なんてできると思う？　無理に決まってんじゃん。

だからこそ朝の支度だけはお付きに委ねているわけで。

着替えやらメイクやら、朝食の準備やら——現在では何もしなくてもいつの間にか登校の準備が完了するまでになっているんだよね。

もうホント不覚。萎えまくり。自分のことはできるかぎり自分でやりたいのにさ。

だからかな？　私が十年ぶりのアラームで起き上がると、

「お嬢さまが起きた⁉」

「クララが立ったみたいに言わないでくれる？　自分で起きることぐらいあるっての」

私の世話係、メイドの反応は劇的だった。

まあ、正直私が一番驚いているんだけどね。

もしかしてオタクくんのおかげだったりして。ははっ、やるじゃん……！

もちろん異性として意識したとか、そういう甘酸(あまず)っぱいものではなくて。

聖女様(アイドル)降臨によるオタクくん(ファン)の反応を窺うのが楽しみなだけなんだけど。

これまでメイドにされるがままだった私は、

「リップって新しいのあった？」

満足する身なりを整えるまでに、いつもの三倍以上、姿見の前で過ごすことになった。

どうせ電車で会うなら完璧な私を見せてあげたいじゃん？

一目見たオタクくんが勝手に癒される分には全然悪い気はしないしさ。

ほんと思わぬ収穫だよね。

私は朝の苦痛を和らげられる。オタクくんは癒される。まさにWin-Winじゃん。

よし、完璧！　いつにも増して聖女感出てるかも！

待ってろよーオタクくん。私の全力をとくと拝むがいい！

○●○

なんて私にもやる気があった時期がありました。

はっ、はぁ〜〜〜っ!? 嘘でしょ！　あれだけ聖女聖女言ってたくせに通学時間と車両を変えるとかありえなくない!?

これまでと同じ時間・車両に乗車した私を待っていたのは、オタクくんの消失。

これまで彼が私を探していた光景とは対照的、完全無欠聖女様がどこにでもいる男子高校生を探すって……コントじゃん！

ふーん、ふーん。あっ、そう。こういうことするんだオタクくん。ヘタレめ。だったらこっちにも考えがあるから。

たしか彼がいつも降車する駅は――。

【土屋文太】

裏川さんと接触した翌日から姿を消したものの……どう思われているんだろ？

やっぱり安堵かな？　残念——とはさすがに思っていないだろうし。

それは僕に都合が良すぎる解釈だよね。

なんにせよ時間と車両を替えてはっきりとわかったことがある。

僕は思っていた以上に聖女様から元気を分け与えてもらっていたことだ。

授業中に居眠りしたあげく、寝言で「聖女様！」なんて叫んで教室を騒然とさせたらしい。

体育では水に濡れたあんぱんのごとくチカラが入らないし、放課後のバイトでもミス連発。

心配、呆れ、叱責、のオンパレード。

元々デキた人間じゃないことは把握していたつもりだけれど、聖女様を一目見ないことでここまでポンコツに成り下がろうとは……。

「……はぁ。聖女様をお見かけしたい」

「だったらなんで今朝電車替えたわけ？」

「だって嫌われたくないですし——って、誰⁉」

半身を窓側にもたせかけながらセンチメンタルになっていると頭上から声が。

またしても自然な入りだったせいで、つるっと、滑ってしまったわけだけれど、似たようなことが前にもあった気がするんですけど⁉

デジャブ⁉

急いで視線を上げるとそこには見知った美少女が立っていた。裏川さんである。

ただし、以前とは雰囲気が違っていた。背後から『ゴゴゴッ……』と聞こえてきそうな雰囲気をまとっている。

にもかかわらず、顔面に張り付けられた表情には笑みときた。

こっっっっわ！　いや、あのどうして怒ってるんですか？　というか、どうしてここに？

という聞く間もなく、僕の隣に腰かける裏川さん。

二人席、二の腕が当たるか当たらないかの距離。やっぱりいい匂いがする。

僕も健全な男子高校生であるわけで、場違いにも嬉し恥ずかしだ。

「隣いいかな？」

「いや座られてから言われましても」

僕の隣に座るや否や脚を組む裏川さん。

そういう目で見てはいけないと理性が叫ぶも、スカートの下から見せつけるように歪む太ももにどうしても視線が吸い寄せられてしまう。

ムチッと聞こえてきそうなのに決して肉厚過ぎず、ほどよく引き締まっているところが憎いよね。

って、僕はなにを細かく説明しているんだ⁉

「どういうつもり？」

頬杖(ほおづえ)つきながら抜群の目ヂカラでの詰問(きつもん)。

もしかして視線が下がっていたことを怒っていらっしゃる⁉

いや、でも再会した時点で機嫌が悪かったですよね⁉

「表(おもて)ちゃんが気に病んでるんだけど。突然姿が消えたから『私のせいで不愉快な思いをさせてしまったんでしょうか』って」

「本当ですか⁉」

衝撃的な事実を聞かされ、驚きを隠せない。

僕は自分のことしか考えず行動したことを後悔する。

遅れて、聖女様に心配されていた事実に対する嬉しさと、誤解に対する焦(あせ)り。

他人を見た目で判断しないよう心がけてはいるんだけど、もしも聖女様が見た目通りの心優しいお嬢さまだったならば。

親友である裏川（うらかわ）さんの追及後、僕が姿を消せば、複雑な思いに駆られてもおかしくない。

聖女様の前から姿を消すことで彼女が安堵できるというのは僕の勝手な思考だ。

罪悪感を抱かせてしまうのは想像外。

これは短絡的な行動による失態だ。

「せっかく無害認定してあげたのに翌日から姿を消すとかありえないんですけど。ヘタレ」

「ぐはっ……！」

ギャルのストレートな攻撃！

なんとかHPを1残して意識を失うことを免（まぬが）れたものの、瀕死（ひんし）寸前。けれど聖女様の誤解を解くまでは死んでも死にきれない！

「申し開きは？」

「僕が姿を消せば万事解決だと決めつけていました。本当に申し訳ございませんでした」

「謝って済むなら国家権力は必要ないじゃん？　そもそも――」

「そもそも？」

「謝る対象が間違っていると思わないのオタクくん」

裏川（うらかわ）さんの鋭い視線が僕を射貫く。心臓の位置を見透かされ、握られているような錯覚。

本能が告げてくる。いま僕の生殺与奪の権は目の前の美少女に握られていると。

裏川さんの言わんとしていることを理解した僕の背中は汗でびっしょりになっていた。

――謝る対象が間違っている。

その言葉が意味するのは、面と向かって謝罪するべきということ、だ。

「僕ってその、年齢=彼女いない歴を更新中でして」

「いきなり悲しい告白放り込んでくるじゃん。それで？」

「女の子とまともに会話すらできない僕に聖女様に話しかけるのは、その、壁が高いと言いますか」

「ふーん。じゃあ、今、こうして会話できているってことは私を女の子と思ってないってことなんだ。うわー、傷つくなー」

誰か僕を殺してください。

道が……道がない！　八方塞がりだ！

「もちろん僕も面と向かって謝罪したいです。でもいざ聖女様を目にしたら動揺して慌てふためくといいますか、吃るのは必至でして、オタク丸出しになってしまっても大丈夫だと思います？　不審じゃないですかね？」

僕が心配しているのは圧倒的視覚情報をもつ聖女様を前にして冷静でいられる自信がなく、

挙動不審になってしまうこと。

逆に怖がらせてしまうのではないかを懸念していたりする。

裏川さんは「はぁ……」とため息を吐いてから当たり前のように言う。

「勇気を振り絞って謝った男の子を表ちゃんがそんな風に評価する女の子だって思っているわけ？」

その問いは『やらない理由』を必死に探そうとしている僕の目を覚ますほど強烈なものだった。

「思いません」

「だったら筋を通してみたら？」

「――はい。そう、ですね。せめて貴女が気に病むことではないと、誤解を解いておきたいです」

裏川さんのおかげでようやく決意が固まる僕。彼女は口元をωにして、

「男見せなよー。それじゃ私はここで」

そう言って席を立とうとする裏川さんに僕は言っておかなければいけないことがある。

「あの！」

「ん?」

「色々とありがとうございます。裏川さんって見た目の割に優しいんですね!」

「はぁ? 優しい? 私が? なんでそうなるか全然わかんないんだけど。あっ、もしかして口説いてるとか?」

「あっ、いや、そういうのでは全然ないんで誤解しないでもらえますか」

「あ?」

「誤解しないでいただけますでしょうか……?」

「言い方の問題じゃないから」

「そうじゃなくて、すごく友達想いじゃないですか。偵察したり、事情を説明してくれたり。親友のためだってことは理解してますけど、間接的に僕の世話まで焼いてくれて。上手く言えないですけど——感謝してます」

考えてみれば。

わざわざ帰宅途中の僕をこうして見つけ出して状況を伝達しに来てくれているわけで。

裏川さんだってきっと暇じゃないはず。

けれどこうして僕の背中を押してくれている。

これをお人好しと呼ばずに何ていうか僕は知らない。

裏川さんは隠れるように後ろを向いたかと思いきや、

「なにそれ」

まさかの小声だった。

これはアレだろうか。もしかして照れてたりするんだろうか。

褒められることには慣れていそうなのにちょっと意外な一面だ。

なんて考えていると裏川さんは突然、振り向き、整った顔をズズと近づけてくる。

えっ、えっ、なに⁉　いや、あの本当にそういうつもりでお礼を言ったわけじゃないんですけど⁉

も、もももももももしかしてフラグ立てちゃいました——痛っ！

案の定、迫ってくる美少女の顔を凝視できない僕は瞼を閉じてしまっていたのだけれど。

額に強烈な衝撃。急いで目を開けるとそこには性格の悪そうな笑みを浮かべたギャルがいた。

おしゃれなネイルが目の前にあることを踏まえるに、デコピンされたようだ。

「オタクくんのくせに生意気。もしかして鏡に映る自分を見たことないとか？」

「ひどい！」

まあ、似たようなことは妹から言われ慣れているから、そこまで傷つかない自分がいる。

うん。あんまり嬉しくないなこの耐性。

「そういうのは表ちゃんに謝ってからじゃない？」

「ごもっともでございます」

「まっ……応援はしてあげる。頑張りなよオタクくん」

「頑張ってみます！」

「じゃっ」

「はい」

裏川さんが下車していく後ろ姿を見届ける。

今度は前回と違って裏川さんの面子がある。もしもまた及び腰になろうものなら彼女の顔に泥を塗ることにもなるわけで。

それは……男である僕が絶対にやっちゃいけないような気がする。

もしかしたら――。

オタクに優しいギャルは存在しないけれど、間接的に優しいギャルはいるのかもしれないね。

第二話

【土屋文太】


「うぷ……臓物が飛び出しそう」

裏川さんに叱咤激励された翌朝。

僕は聖女様を一目見ることができる時間・車両付近のホームで電車を待っていた。

妹曰く「兄さんがいなくても世界は回る」らしい僕がよもや主人公の真似事をする日が来ようとは——！

だって考えてみてよ。チラチラと視界の端におさめていた女の子に声をかけるんだよ？

その一面だけ切り取ったらナンパじゃん！

実態は違うにしても周囲からすればそう見えるわけで。

しかも、それだけじゃない。

盗み見ていたこと、勝手に姿を消したことを謝罪するという、二段階の試練。

ぶっちゃけ無茶振りだ。

近づいたら聖なる気で昇天してしまう可能性だってある。

だけど……やる。いや、やらなくちゃいけない。なぜならもう僕一人の問題じゃないからだ。

ここで男を見せなくてどうするんだ土屋(つちや)文太(ぶんた)！

できるかできないかじゃない。やるか、やらないかだろ⁉


「次は桜坂、次は桜坂」


——はっ！　もう聖女様が降りる駅⁉

勇気を振り絞って乗車したものの、ガチガチに緊張していた僕が我に返ったのは耳に入ってきたアナウンス。

時間飛ばし(タイムスキップ)にあったような体感だ。

次いでぷしゅーと扉から空気が抜ける音。

やばいよやばいよ。このままじゃ裏川(うらかわ)さんに顔向けできない！

聖女様が降りちゃう——！

きっと窓ガラスに映る僕の両目は盛大に渦を巻いているに違いない。

視界の端には洗練された所作で立ち上がる聖女様。

どっ、どどどどうしよう⁉　あとを追いかける？　でもストーカーぽくない？　かと言って電車内で引き止めるわけにはいかないし――ええい！　もう考えていても仕方ない！　こうなったらヤケクソだ！

降りてすぐのホームで声をかけよう！　それしかない！

動揺を隠しきれない僕。

きっと錆(さ)びたロボットのようにぎこちない動きをしているに違いない。

この光景を目にした聖女様に不審者だと思われていないことを願うばかり。

絶対に話しかける、その決意だけは本物である僕を神は見捨てなかった。

聖女様の座っていた席に上品な模様の布――たぶん、ハンカチだと思う――が落ちているのが視界の隅に入ったからだ。

これだ！　これならあとを追いかけて呼び止める絶好の口実に――！

聖女様が下車したのを横目にハンカチを拾って、駆け足で追いかける。

後ろ姿でも神秘的な輝きを放っている彼女を見間違うなんてあるはずがない。

「待って！」

特徴的な髪型──三つ編みのハーフアップが翻り、聖女様がこちらに振り返る。

遠目から異世界の住人だとは思っていたけれど、手を伸ばせば届く距離の破壊力は凄まじく。

見事にその魅力に当てられた僕は──、

「あにょ、ひょれ、落とひみゃしたにょ！」

（→あの、これ、落としましたよ！）

はい終わったー！

今まで視線を感じていた変質者予備軍から呼び止められ、あにょひょれ言語で話しかけられてみてよ。

不審者確定！

案の定、聖女様は僕から視線を逸らし、口元を手で隠しながら全身を震わせていた。

めっちゃ無気味がられてる……⁉

ごめんなさい裏川先生、諦めなくても試合終了でした。バスケはしたくありません！

あまりの絶望っぷりに現実逃避するしかない僕をよそに、聖女様は聞き取れない声で何か言ったあと、

「ありがとうございます」

淑女のような笑みを浮かべてハンカチを受け取った。

――ありがとうございます（ニコッ）

――ありがとうございます（ニコッ）

――ありがとうございます（ニコッ）

頭の中で繰り返し再生される奇跡の光景。

まるで天使のように温かく優しい声が脳内で反響する。

幸せホルモンであるドーパミンがドパドパ分泌しているのがわかる。

表現すると何だろう。汚れていた洗濯物が真っ白になり、世界平和を願う境地にいたるというか。

すっかり浄化され、冷静さを取り戻した僕は勢いに任せて思いの丈をぶつけることにした。

「……実はずっと視線で追ってました！」

「えっ？」

首を傾げる聖女様を視認。困惑しているのが見て取れる。

ごめんなさい。僕のようなオタクは勢いのチカラを借りるしかないんです。

つまり、ここで止まれない。ここまで来たら一気に行くしかない！

「そのせいで……不安や怖い思いをさせてしまっていたら本当にごめんなさい！」

「あの……」

「信じてもらえないと思いますけど、不快にさせるつもりはなかったんです！　だから姿を消せばいいって安直に考えて──だけど、そのせいで要らぬ心配までかけてしまって。悪いのは全部僕で、貴女が気に病むことはないと伝えたくて！」

言うまでもなく早口。伝えるべきことを吐き出した僕は鼻息荒く、汗びっしょりだ。

額から大粒の汗が滑り落ちていくのがわかる。

僕がやってしまったのは相手の言葉も待たず一方的に情報を伝達すること。

オタク典型のコミュ障っぷり。

聖女様からすれば、顔見知りだと思われたくないような自己中心っぷりだったかもしれない。

その証拠に僕は自分さえ良ければそれで良かったところが否めない。

場所もタイミングも弁えず、ただ、己が罪悪感から逃れたい、すっきりしたいという一心から嘆願に走ったからだ。

実際、言うべきことを言い切った僕は達成感や安堵を覚えていた。

これで聖女様を一目見るのが本当に最後になってしまったとしても後悔はないからだ。

周囲の視線を感じる。

ただでさえ目を惹く聖女様がキモオタから告白されているような光景。

さぞ迷惑をかけてしまったことだろう。

ああ、やっちゃった……！　また醜態を晒して――！

ジェットコースターで急降下したように自我を取り戻した僕は聖女様の言葉を聞くのが怖くなっていた。

ぶっちゃけこの場から全力で逃げ去りたいぐらい。

瞼を閉じて後悔の念に耐えていると、労うような優しい感触が。

急いで目を開けると聖女様が僕の額にハンカチを当ててくれていた。

「えっ、あのっ、えっ――!?」

「ジッとしていてください。汗が落ちてしまいますよ」

ぽんぽんと軽く押し当て僕の汗を拭っていく聖女様の顔は母性にあふれていた。

いや、僕が勝手にそう判断しただけで、お腹に黒い物を抱えていた可能性だってあるけれど。

でも、表情から不快さは感じられなかった。

きちんとお遣いを済ませた我が子を労うお母さんのような、そんな温かい何かを感じる。

裏川さんの言葉がふいに過ぎる。

《『勇気を振り絞って謝った男の子を表ちゃんがそんな風に評価する女の子だって思っているわけ？』》

「お話は裏ちゃんからお聞きしていました」

一通り拭き終えた聖女様が手を引いたのと同時。そんなことを言う。

……裏ちゃん？

――ああ、裏川さんのこと⁉

「裏川さんからお聞きしたというのは……」

「はい、オタクさんが悪い人じゃないと」

オタクさんと呼ばれることに思うところがあるけれど、でも、そんなことはどうでもいい。だって事実だし。

それよりも裏川さんに対する感謝が大きい。

本当に「悪い人じゃないかも」って伝えてくれていたんだ……。

いやもうこれってオタクに優しいギャルじゃない⁉　いや、正確には親友に優しいギャルであることは重々承知しているけれど。

なんにせよ勇気を出してよかった……！

これで裏川さんの親切にも報いることができたんだから。

「そうだったんですか」

「もしもお気を悪くされていたら、ごめんなさい。謝らなければいけないのはこちらです。裏ちゃんの詮索も私のためで――」

「わああああ！　頭！　頭を上げてください！　チラチラと視界に入れていたのは僕なんですよ⁉　お二人の言動は当然ですよ！」

いきなり謝罪する聖女様を慌てて制止する。

ちょっとやめてくださいって心臓に悪い！　誰がどう考えても謝る必要があるのは僕じゃないですか⁉

お気を悪くしたら――というのは裏川さんの偵察や僕が通学時間・車両を変更したことを言っているんだろうけど、謝る必要なんて微塵もない。

「怒ってないんですか？」

「怒る？　何に⁉」

いや、もう本当にどこに僕が腹を立てる要素がありました⁉

「……私たちがやったことって、その、不審者扱いと取られてもおかしくないことですよ？」

あー、そういうことか。

つまり、車両内でチラ見＋漫画やゲームをしていることからキモオタと決めつけそうになったことを申し訳なく思っている、と。

裏川さんも『僕でもワンチャン』みたいな勘違い野郎の一人に見えたと言っていたし。

　でもそれって普通じゃない？　だって、

「可愛い女の子が守りを固めるのは当たり前だと思いますけど……」

　オタク趣味はすっかり市民権を得たものの、通学中も傾倒している男子生徒だよ？

　しかも聖女様を一目見ることを生活の一部にしていた。

　同じ時間・車両に乗車し続け、その間、なんと半年！

　できるかぎりの配慮はしていたつもりだけれど、警戒されてしかるべきだと思う。

　というようなことを伝えるため、彼女に非がないことを口にしたわけだけれど、

「……可愛い女の子」

　まるで何かを確かめるように呟く聖女様。

　やらかしてしまったことを把握するや否や、僕の体温が再び上昇する。

「あっ、待ってください！　可愛いというのは違――いや、可愛くないわけじゃなくて、えーと、その、下心があって『可愛い』と口に出したわけではなく！　僕を不審に思うのも無理はないという話でして――⁉」

　オタク丸出し、乙‼‼

　期待や勘違いしないことを信条としてきた僕があろうことか聖女様に面と向かって『可愛い

女の子』ときた。

裏川さんに「異性として見ていたわけじゃない」と豪語したにもかかわらず、この発言。

タイミングも最悪だ。まるで見計らったようじゃないか！

この失態で、僕も結局は打算や下心による接触――聖女様に吸い寄せられては裏川さんに払われてきたであろう男たちと一緒――と思われても仕方がない。

終わったぁぁぁ！　あにょひょれ語で話しかけて、この失態。ダブルパンチ！

泣きっ面に蜂だ！　いや、それを言いたいのは彼女の方ではあるんだろうけれども！

聖女様は見定めるかのような視線。俗に言うジト目だ。

それをヒロインから向けられる主人公を羨ましいと思っていたけれど。

これは――いたたまれない！

「オタクさんはそういう目で私を見ないとお聞きしていたのですが……裏ちゃんが聞いたらどう思うでしょうか？」

「きっと養豚場の豚でも見るかのような視線を僕に向けてくると思います……」

やらかしを悔やむことしかできない僕は諦めて聖女様を見る。

彼女はイタズラっぽく微笑んだあと、

「では、聞かなかったことにしますね」

人差し指を顔の前で立てながら「秘密ですよ？」と言わんばかりのジェスチャー。

おうふ！　破壊力！　圧倒的視覚情報を持つ少女がそれやったらヤバいですって！

言うまでもなく骨抜きにされてしまっていると、

「こうしてハンカチを拾って声をかけてくださったわけですし、何より誠実に謝っていただきましたから。安心してください。オタクさんのことを今さら勘違いはしないですよ」

あれもしかして僕いつの間にか死にました？　目の前に天使がいるんですが。

どうして背中に翼がないんだろう。あっ、そっか、天使じゃなくて聖女様だからか（放心）。

優しく包み込むような慈悲を目の前に平静さを取り戻していく僕。

ふと、聖女様のハンカチが視界に入る。

汗をぬぐわせてしまったせいで、今日一日使えなくなってしまったに違いない。

「あの、洗って返しましょうか？　僕のせいで汚してしまったわけですし」

このときの僕は純粋に申し訳ないとばかり思っていたわけで。

『また会うための口実』に聞こえたかもしれないと後々気づき、悶絶（もんぜつ）することになる。

「いえ、お気になさらないでください。だいじょ――」

うぶ、と言い終えそうなところで静止してしまう聖女様。

ハンカチに視線を一瞬落とす。

おそらくこの間、コンマ何秒の世界だとは思うんだけど、今の僕にはなぜかすごくスローに見えていた。

えっ、あの、もしかして——臭います？

大丈夫だと言いかけた次の瞬間に逡巡って、心臓に悪すぎるんですが。

目の前にいるのは見知らぬ男子生徒が半年間、一目見ていたことを許してくれた女の子なわけで。

そんな慈悲深い彼女が嘘でも「大丈夫」と言い切れないハンカチ⁉

もしかして僕の汗ってヘドロですか⁉

「——そうですね。ではお願いします」

「ヘドロだったんですか⁉」

「えっ？　ヘドロ？　何のことでしょうか」

「あっ、いや、失礼しました。気にしないでください。ちょっと自分の世界に入ってました」

今度こそ危ないヤツだと思われただろうか。

「ふふっ。オタクさんってちょっと変わっていて面白いです」

パリーン！　パリーンパリーンパリーン！

僕の心のガラスが全壊した。

ただでさえ、老若男女問わず目を惹く容姿なのに、おかしそうに微笑む顔といったらもう！

「それじゃ、これ、お願いしますね」

絶対脇役卒業できないマンの僕じゃなかったら勘違いしてたね。いやあ危ない。

「はい！　承知しました！」

ハンカチを受け取った僕は、踵を返した聖女様を見届ける。

一歩ごとに花でも咲かせているんじゃないかと本気で錯覚してしまう後ろ姿だ。

彼女は死角で見えなくなりそうなところでもう一度振り返り、軽く会釈。

僕も会釈。やがて見えなくなったところでようやくまともに息ができるようになる。

ふわあああああああああっー‼‼

きっ、緊張したアアアアア！　ナマ聖女様、ナマ聖女さまと会話しちゃったよ！

きょどりまくり、慌てまくり、動揺しっぱなし。むしろよく気を失わなかったと自分で自分を褒めてやりたいぐらいだ。

さっきまでの体験が全て幻想だったんじゃないかと思うぐらい濃密で信じられない。

けれど僕の手に握られたハンカチの感触が現実であることを証明していた。

あの聖女様が手離したくなるほどのハンカチとは一体……？

僕は借りた手ぬぐいで再び汗を拭うふりをして匂いを嗅いでみる。

なんとなくオチが想像できるとは思うけど——とりあえず感想を独白するね。

めちゃくちゃ良い匂いがしました。洗濯せずにこのまま永久保存したいぐらいです。

さすがにこの発想はキモがられること必至なので墓場まで持って行く所存。

「それにしても表(おもて)ちゃんに裏(うら)ちゃんか……。なんか運命を感じる呼び名だね。こんな偶然あるんだ」

【表川結衣】

さてさて、オタクくんは……っと。

おっ、いたいた！　ちゃんと勇気だしていつもの通学電車に戻ってるじゃん。偉いぞー。

一人でおつかいにやってきた男児、もしくは愛犬を前にした気持ちになる私。

オタクくんの性格は見たまんまだよね。

女の子とまともな会話をしたことがない告白も事実だと思う。つまり純粋。

女としては頼れる異性に惹かれるけど、自分のために勇気を振り絞って必死な男の子も悪くないわけで。

あっ、私のために頑張ってくれてるんだーって伝わってくるし。

この半年間でも感じたことがないぐらい視線を向けてくるオタクくん。おそらく声をかける機会を窺っているのかな。

けど、あっという間に時間は過ぎていく。

よくよく考えたら……結構ハードル高くない？

状況を整理すると――。

オタクくんの認識では現在の姿である【表】と裏川は別人で仲の良い関係になっていて。

表ちゃんは裏ちゃんから「オタクくんは悪い人じゃないかも」と聞かされています、と。

とはいえ、【表】の私とオタクくんは一度も話したことがないわけで。

そんな関係性でありながら、裏ちゃんの言葉一つで通学途中の車両で話しかけなくちゃいけないって――あっ、ヤバい。無理っぽい！

偉そうに「謝る対象が違うんじゃない？」なんて言っちゃったけど、無茶振りじゃん！

でも、保身上、こっちから話しかけるわけにはいかないし――。

改めて考えると、思っていた以上の難題。

案の定、オタクくんはガチガチ。見るからに脳の処理速度を上回る緊張感。

何とかして声をかけようとする気概は感じるんだけど、あと一歩が踏み出せない様子。

見ているこっちが焦れったい。

時間は残酷にも過ぎ去って、

「次は桜坂、次は桜坂」


無慈悲にも私が下車する駅のアナウンス。

今まで以上に狼狽するオタクくんの姿が目に入る。

あーもう、仕方ないな。今回だけだからね？

私は助け舟を出すことにした。気づかれないようにハンカチをスカートのポケットから取り出し、それを座席に残す。

我ながら策士。これなら落とし物に気がついたオタクくんが下車してから声をかける口実になるはず。

「待って！」

キタ――――!!　よしよしよし！　賢いぞオタクくん。よくぞ私の真意通りに声をかけた！

彼の声音は裏川のときに聞いてたから間違いない。

いよいよご対面。【表】ではこれが初めての接触。さすがにちょっと緊張。

お願いだから私の知っている姿から豹変しないでよ？

意を決して振り向くと、

「あにょ、ひょれ、落とひみゃしたにょ！」

なんて？

オタクくんさ……不意打ちは卑怯でしょ？　あにょ、ひょれ、落とひみょしたにょ、だって！　何一つまともに言えてないんですけどー！　あははは……！　あははお腹痛い！

素の——【裏】状態ならお腹を押さえて笑い転けるところなんだけど、生憎現在の私は令嬢、オタクくんで言うところの聖女ver.。

笑い方一つにも上品さが求められるんだよね。

「これはダメだって……」

彼から視線を逸らして、小声で呟く私。

笑うなー。笑ったらかわいそうじゃん。せっかく勇気を振り絞って声をかけてくれたんだからこっちも誠意を見せないと。

あー、でもやっぱい。これ絶対震えてるよね。

切り替えろー、切り替えろ私！

「ありがとうございます」

必殺聖女スマイル！　どう？　どう？　至近距離だと威力が違うんじゃない？

って、顔！　浄化されて、綺麗な顔になってるよ⁉

まさかとは思うけど悟り開いてない⁉

すっかり吹っ切れたオタクくんは、

「……実はずっと視線で追ってました！」

うん知ってる。

「そのせいで……不安や怖い思いをさせてしまっていたら本当にごめんなさい！」

大丈夫。してないから。

「信じてもらえないと思いますけど、不快にさせるつもりはなかったんです！　だから姿を消せばいいって安直に考えて――だけど、そのせいで要らぬ心配までかけてしまって。悪いのは全部僕で、貴女が気に病むことはないと伝えたくて！」

大粒の汗を額に浮かび上がらせながらの嘆願。それは見るからに勢い任せで。

余裕のなさは言わずもがな。けど、己を奮い立たせて、慣れないことを実行したことがひしひしと伝わってくる。

一方的という点に目をつぶれば、「頑張ったじゃん」と労いの言葉一つでもかけてあげたくなる光景。

そんな気持ちになるのと同時。ハンカチが視界の端にうつる。

私はオタクくんの汗をぬぐうことにした。

もちろんこの行動は自分でも予想外。少なくとも計画していたことじゃない。

勘違いをさせてしまうかもしれないという警戒を上回ったことに私自身驚きを隠せない。

オタクくんは思ってたとおり、キョドりまくり。ちょい、ちょい、動き回りなさんな。

「えっ、あのっ、えっ——!?」

「ジッとしていてください。汗が落ちてしまいますよ」

世話が焼けるなーもう。

さてと。彼も男を見せたわけだし、次は私が女を見せる番かなー。

「もしもお気を悪くされていたら、ごめんなさい。謝らなければいけないのはこちらです。裏ちゃんの詮索も私のためで——」

「わあああ！　頭！　頭を上げてください！　チラチラと視界に入れていたのは僕なんですよ!?　お二人の言動は当然ですよ！」

外見から人物像を決めつけていたことを謝罪する。

オタクくんは何が起きたのかわかっていない様子。

怒りを覚えたり、態度を変えたりすることもなく、あたふた。

私も立場や環境から見る目は養われている方だし、これが善人ぶった演技じゃないことぐらいはわかるわけで。

「怒ってないんですか？」

「怒る？　何に!?」

「……私たちがやったことって、その、不審者扱いと取られてもおかしくないことですよ？」

オタクくんは口が滑ったようでトンデモない言葉を放り出してきた。

「可愛い女の子が守り(ガード)を固めるのは当たり前だと思いますけど……」

「……可愛い女の子」

これが他の男だったら「あっ、本性出した！」なんて思うところではあるんだけど。外見をバッチリ仕上げてきた身としては悪い気はしなかったり？

「あっ、待ってください！　可愛いというのは違——いや、可愛くないわけじゃなくて、えーと、その、下心があって『可愛い』と口に出したわけではなく！　僕を不審に思うのも無理はないという話でして——⁉」

オタク丸出し、乙‼‼

これを素でやっちゃうんだからオタクくんがオタクくんたる所以(ゆえん)というか……。

目の前でこんな反応をされたら、からかいたくなるのが性(さが)だよね。

「オタクさんはそういう目で私を見ないとお聞きしていたのですが……裏(うら)ちゃんが聞いたらどう思うでしょうか？」

「きっと養豚場の豚でも見るかのような視線を僕に向けてくると思います……」

養豚場の豚⁉　いやいやそんな目で見ないから！　ちょっと口を滑らせただけじゃん。そこまで落ちこまなくても大丈夫だって！

表ちゃんを癒しの対象、異性として見ていないと断言した負い目からか、オタクくんは見るからに反省している様子。

「では、聞かなかったことにしますね」

何か狙いがあって口にしたわけじゃなさそうだし、何より、その、【表】を褒められて悪い気がしないというか。

オタクくんは私が持つハンカチに視線を向けたかと思えば、

「あの、洗って返しましょうか？　僕のせいで汚してしまったわけですし」

おっ、なんだなんだー。

もしかして次に会うための口実かー？　油断も隙もないじゃん、なんて思ったものの……違うわな。

どちらかと言えば表ちゃんに話しかける方が心臓に悪そうだし。

ということは汚してしまった負い目からの発言と見るべきかな。

「いえ、お気になさらないでください。だいじょ――」

言い切る前に静止。変な意味もなさそうだし、ここは厚意に甘えてもいいかな。

このときの私はそれぐらいの軽い気持ちだったと断言できるんだけど。

後になって考えてみれば。

また話しかけてもらうためのキッカケ――期待からくる発言だったのかもしれない。

「――そうですね。ではお願いします」

「ヘドロだったんですか⁉」

「えっ？　ヘドロ？　何のことでしょうか」

「あっ、いや、失礼しました。気にしないでください。ちょっと自分の世界に入ってました」

「ふふっ。オタクさんってちょっと変わっていて面白いです」

これは本音。だからこれからも面白いところを見せてよ？

「それじゃ、これ、お願いしますね」

「はい！　承知しました！」

ははっ、良い返事じゃん。

元気に免じてハンカチの匂いを嗅ぐぐらいなら許してあげる。表ちゃんの私物が欲しい男なんて星の数以上いるんだから幸運を噛み締めなよ？

私も再会を楽しみにしてるからね。

第三話

【土屋文太】


バイトを終えた帰りの電車内。

僕は聖女様から借りたハンカチを取り出し、幻でないことを再確認。

頬をつねると確かな痛み。痛覚は正常。すなわちこれは現実。

……夢でなくて良かったのと同じぐらい、夢であっても欲しかった‼

脳裏にフラッシュバックする今朝の光景。

注目を集めたことだけは間違いない。

これが落ち着きのある爽やかイケメンなら絵になっていたはず。

けれども現実は息を乱して、全身汗まみれ、早口の嚙み嚙みオタク。目も当てられないよ！

さらに会話はキャッチボールではなくドッジボールになっていた。

痛い……！　痛すぎる……！

悪手だったのがハンカチを預かってしまったこと。

いや、自分から洗って返すと言ったわけなんだけど、僕が気にしているのは『また会うための口実』と勘繰られたんじゃないかってことで。

あのときは本当に申し訳なかっただけだったんだけど。

時間が経ち、客観視できるようになるとさ……まさに一難去ってまた一難だ。

僕と初めて接触した聖女様はどう思ったんだろう。

やっぱり土壇場で下心を隠せなかったキモオタかな。

でも、そんなヤツにハンカチを渡すだろうか。決して大きな声で言えないけど、いい匂いがしていたし、持って帰れないほどじゃないはず。

つまり、一応は『話しかけられてもいい』と認定されたと思っているんだけど。

……また、聖女様に会っていいんだ。

その光景を妄想していると自然と笑みが漏れる。

そこから次第に親しくなって恋愛——なんて続きは想像していない。

それやったら本気で痛いヤツだからね。僕の人生に聖女様エンドはない。

ただ、もし許されるなら、これからも一目見させてもらいたい。

ちょっと欲を出していいのなら——、

「いまなに考えてんの？」

「——挨拶や雑談をする程度の関係になれたらいいなって、誰っ⁉」

なんか最近、この展開多くない⁉

急いで声がした方に振り向くと、熱帯雨林に負けず劣らず、じめじめした視線で僕を射貫くギャルが立っていた。

こうして会うのも早いもので三回目。

自分でも驚きではあるんだけど、耐性がついてきた。

「なんだ裏川さんですか」

「ちょっ、なにその反応⁉ オタクくんのくせに慣れた反応とか生意気なんですけど」

むすっとした表情を見せるや否や、隣席にぱふっと腰かける。

行動に移るまでが早すぎる。というか隣に座っていいなんて一言も言ってませんよ。

いよいよ確認さえしなくなりましたね。

「ちっ、近くないでしょうか……？」

またしても二の腕が当たりそう。こういうのは慣れるわけないよね！

「私に慣れるなんて13億光年早い！」

「単位間違ってますよ」

「あっ、そういうこと言っちゃう？　じゃあ言わせてもらうけど、私とオタクくんの心の距離はそれぐらい離れてるから」

「えげつない形で単位を正してきた⁉」

「私に逆らおうなんて13億光年早いから。わかった？」

「おっしゃる通りです。深く反省していますのでご容赦を」

「うむ、苦しゅうない。斬首の刑に処す」

「容赦がなさすぎる」

そこまで言って裏川さんはいかにも楽しそうな笑みを浮かべて僕を見つめてくる。

まるで魚を見つけた猫よろしく口元をωにして、

「男見せたんだって？」

「まさか見てたんですか⁉」

「あによ、ひょれ、落とひみゃしたよ」

「――――‼」

僕が劇的な反応をしてしまうと同時、裏川さんは今世紀史上最高のエンターテインメントを見つけたような表情ときた。

意地悪い笑みを浮かべて僕をからかう気満々だ。

裏川（うらかわ）さんがオタクに優しいギャル？　とんでもない！　誰だそんなデマを流した人！

彼女はオタクに悪魔なギャルだ！

「もう、やめてくださいよ！　自分でもアレはなかったなって思っているんですから。というか本当に見てたんですか⁉」

うう、顔が熱い。頭頂部でお湯を沸かせるんじゃないかと本気で思うほどだ。

僕は真っ赤に染まっているであろう顔を隠すように手で覆う。

「違う違う。表（おもて）ちゃんから聞いたの。オタクくんが話しかけてくるって事前に伝えていたからさ」

「ああ、そういう……」

脳内で経緯を整理する。

あの場を用意（セッティング）したのは言うまでもなく裏川（うらかわ）さんだ。

逃げ腰になっていた僕の背中を押し、気がかりになっていた聖女様に情報を伝達、僕たちのわだかまりを解消するため、奔走してくれた。

裏川（うらかわ）さんと聖女様は親しいわけだし「どうだった？」と確認するのは自然な流れ。

目の前のからかいギャルが今朝について精通していても何ら不思議じゃないわけだ。

「言っとくけど、私が――」

「――わかってますよ」

「えっ？」

最後まで聞かずに遮ったせいで、珍しく裏川さんは面食らった顔をする。

いや、みなまで言わなくてもさすがに想像できますよ。

「今朝のことは裏川さんが無理やり聞き出したわけで、聖女様の口が軽いわけでも、ましてや軽率でもないから逆恨みするなって警告ですよね。子どもじゃあるまいし、しませんってば」

「……へえ。わかってんじゃん」

感情の読み取れない複雑な表情から若干嬉しそうな笑みが漏れたのを横目に、

「〜〜〜〜〜〜〜〜〜はぁー」

と盛大なため息をつく僕。

これじゃ構ってちゃんだとは思うんだけど……裏川さんは見た目に反して面倒見の良いギャルなわけで。

話を聞いてもらいたいのは嘘偽りざる本心だったりする。

「どうどう。急にどしたの」

「いや、僕ってその、見たまんまだと思いまして。もうちょっとマシな伝え方ができたと思うんですよ。あれじゃ針のむしろ、目撃者だっていましたし、聖女様に悪い噂が立ってなければいいんですけど」

「その言い方だとオタクくん自身は悪く言われても問題ないみたいに聞こえるけど？」

「僕の評価なんて元から最低ですから痛くも痒くもありませんよ」

「あっ、なんかごめん」

「でも聖女様は、ほら、名門校に通われているじゃないですか。制服で一目瞭然ですし。僕がやったことって周囲ガン無視の迷惑行為だったんじゃないかって」

「あくまで表ちゃんが第一だと」

「ええ、まあ、それは当然ですけど」

にまにま。裏川さんがにまにましていた。たとえるなら新しいおもちゃを見つけたような、そんな笑み。

「まあ、聞いた感じだと」

「感じだと？」

「いい迷惑だよね」

「ぐはっ……！」

言いづらいであろうことをズバッと放つことができるのは裏川さんの長所だと思う。

たとえるなら……急所を凶器で一刺し。痛みを覚える間もなく絶命みたいな？

でも僕、めっちゃ痛いんですけど。胸が。

「でも逃げ出さずにちゃんとやり切ったところは悪くなかったんじゃない？　知らんけど」

「知らんけど⁉」

あのあの、何の慰めにもなっていないんですけど⁉

「あれ不服？　じゃあ——よく頑張った。オタクくん。凄い子だ」

「鱗滝さん⁉」

「ところで気になってたんだけど、そのハンカチ——」

ところで⁉　自由奔放ですね！

どうやら裏川さんの注意は最初から僕が取り出していた聖女様のハンカチに向いていたようだ。

急いで制服のポケットに隠すも時すでに遅し。

ここで突然ですが、問題です。

Q：格上に弱点を見つけられた脇役に待っている展開は何でしょうか。

A：フルボッコ。

「——ハンカチ？」

「あっ、とぼけるつもりなんだ？」

「僕は誰？　ここはどこ？　えっ、どなた様ですか？」

「続ける気だ！　しかもいきなりの記憶喪失！　無理すぎる！」

「記憶を取り戻すまで安静にさせた方がいいでしょう。無理に思い出させると後遺症の可能性もありますから」

「いや、誰目線の発言⁉　医者？　まさか医者のつもり？　あーもう、観念しなって！　こんな上品なハンカチ、オタクくんの物なわけないじゃん！　それ、表ちゃんのでしょ？」

「うぐっ……！」

裏川さんは聖女様からどこまで聞いたんだろうか。

彼女のことだからそれはもう根掘り葉掘り聞いてそうだ。

可愛いと口を滑らせてしまったところは秘密にしてくれるらしいけどそれ以外は——。

これはひょっとしてマズいんじゃないだろうか。

一応、僕は裏川さんから無害認定されたとはいえ、未だ観察対象なわけで。

『洗って返す』の裏にある『また話しかける』という下心を勘繰られてしまったら——。

「汗を拭き取ってもらったんだってね？　ありがたく思いなよー。表ちゃんにして欲しい男なんてそれこそ星の数ほどいるんだから」

「それは、はい。もう本当に感謝してます」

「で？　何でオタクくんが持っているのか納得行く説明をしてもらおうか」

ずずいっーと、身体を寄せてくる裏川さん。

いよいよ恐れていた核心を突く質問。心なしか詰問仕様の口調に聞こえるのは勘違い、じゃないですよね。

「汚してしまったので洗濯して返すのが礼儀ではないかと」

「ふーん。それだけ？」

間違いない。裏川さんは勘づいている。

当時こそ申し訳なさからの提案だったわけだけど、今はまた聖女様に話しかけられることを期待、嬉しく思っている自分がいる。

自覚してしまっている以上、コミュ障の僕に躱す演技なんてできるわけがない。

全部ゲロった方がいいかもしれない。

「正直に申し上げますと明日が楽しみな自分がいます……」

「つまり、表ちゃんにまた近づくための口実だったと」

「……はい。否定はできません」

もちろん、現在となっては、という注釈がつく。

でも下手な言い訳は逆効果だ。ここは潔く認めよう。

「オタクくんはさ、これからどうなりたいわけ?」

またしても核心。けれどその答えはすでに決まっている。

「できれば、その……挨拶や雑談をしてみたいです」

うう……穴があったら入りたい!

キノコにぶつかった赤いおじさんのように小さくなる僕。

これまで『悪い虫』を追い払ってきた裏川(うらかわ)さんに下手な嘘や誤魔化しは通用しないと思って本音をストレートに口にしたものの。

自供による有罪判決は避けられないかもしれない。

そもそも僕が無害認定されたのは身のほどを弁えていたからだ。

たった今『お近づきになりたい』と打ち明けてしまったわけで、正直次の言葉が怖い。

「今日話してみてやっぱり『僕でもワンチャン』なんて勘違いしちゃった?」

「そこまで自惚(うぬぼ)れてはいないです! ただ——」

「——ただ?」

「話すことができたらもっ、い、い、と楽しい毎日が待ってるだろうなって。結局、自分本位かよって話ですけど」

運動が苦手なはずの僕が、一目見させてもらえることで新聞配達を続けて来られた。

もしも何気ない会話ができたならば。

たとえ卒業後、赤の他人に戻ろうとも、一生の思い出として僕の中に残るに違いない。

高望みであることは重々承知してるんだけどね。


「……私って表ちゃんと仲良いんだよね」

「えっ、あっ、はい。そうでしょうね。いきなりどうしたんですか？」

「鈍感。察しが悪い男はモテないよ」

「僕の場合、察しが良くてもモテません」

「それな」

「否定して欲しかった！」

自虐したらこれだ。よもや同意が返ってくるなんて誰が想像できようか。

なんだこのオタクに優しくないギャル。冷たいにもほどがありませんかね⁉

「あの娘ってお嬢さまでさ」

「裏川さんとは見るからに違いますもんね」

「あ？」

やられたからやり返した結果、百倍返しの眼光。

やめてください裏川さん、それは僕に利く。

オタクを代表して全国各地の同志に告げる。

ギャルには逆らうな！　死にたくないならね！

「なんて冗談です。ははは」

「もし本気で言ってたらオタクくんの毛根全滅してたから」

「度が過ぎる！」

全力でツッコむとわざとらしく僕の頭頂部に視線を向けてくる裏川さん。

「あっ、ごめん。どうやら私が手を下すまでもなかったみたい。もしかして気にしてた？」

「すでに全滅していた⁉　三十代後半からだと思ってたのに！」

「妙にリアルじゃん……というか、将来ハゲる前提なんだ」

「くっ……！　隠していた情報をこんなにあっさり盗み出すなんて。さてはスパイですね⁉」

「いや、違うから。オタクくんの毛根事情なんて興味ないから。鼻息荒いところ悪いけれどそろそろ話戻していい？」

「まるで僕が話したがっていたみたいな言い方！　いいですよ、さっさと戻してください！」

必死に訴える僕と対照的に裏川さんは楽しそうな笑み。彼女は咳払いをしたあと、

「それじゃ本題ね——表ちゃんって世間知らずな一面があるわけ」

「——あー、なるほど。そういうことって本当にあるんですね」

漫画だと箱入りのお嬢さまが描かれることも少なくないけど、実在するんだ。

ますます住む世界が違うと再認識。

でもどうしてそんな話を僕に――？

裏川さんの意図が読み取れず、考えあぐねていると、

「庶民の生態に疎くて危なっかしいんだよね」

「庶民の生態！」

なかなかのつよつよワード出ました！　庶民の生態！　すごいな！

「同性のことなら私が教えてあげられるんだけど、異性となるとさ、やっぱり当事者じゃないと上手く伝わらないっていうか」

「はっ、はぁ……？」

なんとか彼女の言わんとしていることを理解しようと努めるものの、僕の足りない脳みそではたどり着くことができず。

裏川さんは痺れを切らしたように、

「はぁ～～～⁉　ここまで言ってまだピンと来てないわけ⁉」

「いやわかりませんよ！　いくらなんでも情報が少なすぎませんか⁉　そもそもどういう経緯でこの話になったんでしたっけ？」

「世間知らずのお嬢さま、彼女と話してみたい庶民くん。ここから導き出される答えなんて一つしかないじゃん！」

「わかるかァ！」

まさか僕の口からここまで強めのツッコミが飛び出すとは。自分でもビックリだ。

裏川さんは額をぴくぴくさせて補足する。

「だーかーら！　表ちゃんに庶民の男子を知ってもらいたいわけ。もしオタクくんがこれからも紳士であり続けるなら、そのサンプルにしてあげようと思ってんの」

「えええええええええぇぇぇぇぇーっ⁉」

彼女が遠回しに提案してきた内容を把握するや否や、動揺を隠しきれない僕。

いや、そりゃそうでしょうよ！

世間知らずの令嬢、聖女様。

彼女と会話してみたい人畜無害、僕。

聖女様に庶民（男子）の生態を教えたいギャル、裏川さん。

まさしく三位一体。見事に利害が一致している。

「①庶民。②恋仲になろうとしない。③異性。三条件を満たすサンプルが本当に見つからなくてさ」

たしかにその条件で言えば僕は及第点かもしれない。

裏川さんを最も悩ませたのが②であることは間違いない。

あれだけの容姿であれば尚更。

「僕だとチカラ不足じゃないでしょうか」

「チカラ不足に決まってんじゃん！」

「即答！ あの、できれば嘘でも否定してもらえませんかねぇ!?」

「私って嘘つけない女だから（キリッ）」

「まさかの追い討ち！」

「それとも何？ オタクくんに対する表ちゃんの評価がこのままヘドロでいいわけ!?」

「ヘドロだと思われてるんですか!?」

衝撃の事実！ 変わっていて面白いと言ってくれた微笑みの割に残酷な評価だ！

いや、違うか。これは裏川さんの言葉。僕を鼓舞しようとしてくれているに違いない。

そうだと言ってよ神様！

「よおく考えなよ。オタクくんは癒しの対象と会話できる上に、女の子に耐性もつく。表ちゃんはオタクくんを通して男子生徒——庶民の思考、言動に触れることができる。私は目の届く範囲で親友の見識を広げられる。さらに今なら出血大サービス」

「出血大サービス……？」

「これからも表ちゃんにお行儀よ、よ、よ、くするなら私が助言してあげる」

お行儀よくというのは色恋に発展させようとするなという忠告。

そんなに念押ししなくても大丈夫ですよ。気持ちはわかりますけど。

それよりも、

「表ちゃんの好きなもの、とか」

「⁉」

「助言、ですか」

おい誰だ裏川さんをオタクに悪魔なギャルとか言ったヤツ！　とんでもない！

オタクに優しすぎるギャルじゃないか！

「どうする？　表ちゃんを楽しませられるようになれば男として磨かれるし、悪くないんじゃない？　もちろん強要はできないからオタクくんが決めなよ」

真剣な表情で僕を見据える裏川さん。

事実は小説よりも奇なり。

地に足つけた、平凡を歩む僕に全く想像外の機会が舞い込んできた。

人生って本当に何が起きるかわからないんだね。

「確認と約束を一つずつしたいんですが」

「とりあえず言いなよ。聞いてあげるから」

「聖女様はこのことを知っているんですか？　もし裏川さんの独断なら先に――」

「あのさあ、私が表ちゃんと何年一緒につるんでると思ってんの？」

呆れた感じで言う裏川さん。僕が質問しかけた「聖女様はこの提案を快く思っているかどうか」を即座に嗅ぎ取ったに違いない。

「じゅっ、十年ぐらいでしょうか？」

「十七年だっつうの」

「それもう年齢に達してません!?　もしかして生まれた病院まで一緒だったりするんですか!?」

「……それマジでやってんの？　いや、やってるんだよね」

「⁇⁇」

意味がわからない！　それマジでやってんの？　何が!?

あっ、いやそうか。マジで疑ってんの？　ってことか！

聖女様と裏川さんは以心伝心。互いの気持ちがわかってしまうほどの大親友です、と。

つまり、独断なわけがない。

聖女様の気持ちもきちんと確認・尊重した上での提案というわけですね！

「安心してください。ちゃんと読み取りましたから！」

「……たぶん、というか絶対伝わってないけど、もういいよ。そっちの方が面白いし。で？

「約束の方というのは？」

納得がいってなさそうな裏川さん。

あれ僕また何かやっちゃいました？　異世界転生した覚えはないんですけど……。

気にならないと言えば嘘になるけれど、本人がいいと言っている以上、食い下がるのはよろしくない。

ギャルに逆らわない方がいいことは身をもって経験したばかりだし。

「義務にしないで欲しいんです」

「ん？　どゆこと。もう少し詳しく」

「これから僕はサンプル役になります。幸運を噛み締めつつ、役目を果たそうと考えていますけど」

「うん、ちゃんとわかってんじゃん」

「聖女様が飽きたり、それこそもう話しかけてこないで欲しいと思ったらすぐに僕の首を切って欲しいんです」

「殺してくれってこと？」

「サンプル役を解いてくださいってことです！」

「なんだ。そういうこと。紛らわしい言い方しないでよ。ケジメとして首を落としてくださいってことかと思ったじゃん」

「それ本気で思ってませんよね⁉　マジだったら裏川さんと距離を置きたいんですけど！」

「どうどう。で、その心は？」

「聖女様って優しいじゃないですか。いや、それだと知っている風に聞こえちゃうな。僕は優しいと思っているんです。ただサンプル役を始めた手前『私のために始めてくれたことだし』って、気を遣いそうで。だから違和感を覚えたら無理に続けないで欲しいです。それを約束してもらえませんか」

「――合格。まっ、及第点かな」

緊張から緩和。裏川さんの表情筋が緩むのが見て取れる。

「それに」

「それに？」

「なんだかんだ、裏川さんと話すのも楽しいですし。正直願ったり叶ったりです」

「……なに、口説いてんの？」

「僕にそんな真似できると思います？」

「無理」

「だから即答しないで欲しいんですけど……僕ってほら友達がいないじゃないですか」

「知らないし、知りたくもなかった！」

「裏川さんの行動の裏に聖女様がいることはわかっていますけど、それでも、こうして話せるのは結構嬉しいといいますか、話し相手になってもらってありがとうございますというか」

すっくと立ち上がる裏川(うらかわ)さん。

何か不快なことを言ってしまっただろうかと心配になるものの、感情の読み取れないポーカーフェイス。

オタクによる友達いない発言は目も当てられない告白だっただろうか。

間も無く、裏川(うらかわ)さんが下車する駅だ。アナウンスが流れ始める。

「まだちゃんと聞いてないけど？」

「聞いてない？　えっ、何をですか？」

「サンプル役を引き受けるかどうかに決まってるじゃん。ちゃんと熱意ある、お願いをしてくれたらオタクくんを任命してあげる」

そう言えばまだきちんとお願いしてなかった！

聖女様を一目見るだけでなく、ちょっとした雑談もできる機会(チャンス)。

揶揄(からか)い方がたまにキズとはいえ、師匠ポジとして、ギャルに構ってもらえるダブルチャンスでもある。

ここは外せない。友達がいない僕にとってこの通学電車——登下校は平凡でつまらない生活に刺激と潤いを与えてくれる！

ここは真剣に。熱量を見せる場面だ。

ようし。やるぞ。やったるぞ土屋文太。

きっと今朝の勢いが残っていた僕はサンプル役をやりたい想いを下車寸前の裏川さんにぶつけることにした。

「やりたいです！　やらせてください裏川さん！　僕を男にしてください！」

言い切った僕に待っていたのは聖女様の天使スマイルとは対照的な悪魔スマイル。

なんだろう、この違和感。まるで罠にかかったとでも言われているかのような気分だ。

よく言った！　と褒められることはあってもそんな意地悪い笑みを浮かべられる覚えはない。

何が起きているのか全然把握できずにいると、

「スケベ」

と言い残して車両から立ち去っていく裏川さん。次いで視線の集中砲火。それは僕に注がれていた。

状況を整理しよう。

見るからにオタクの僕が、見るからにギャルの裏川さんに懇願。それも電車内でこうだ。

「やりたいです！　やらせてください裏川さん！　僕を男にしてください！」

集中したせいで声量にまで意識が回らなかったけれど、それなりになっていたかもしれない。

乗客からすれば、やりたいの『や』が『ヤ』に聞こえたんじゃないだろうか。

ああああああああああああ!!!!

やっちゃった！　完全にやっちゃった！　これじゃ誰がどう見ても童貞卒業をお願いする男子生徒じゃないか！

いやああああああああああああ!!!!

そこからの記憶は——ない。

つちやは　めのまえが　まっくらに　なった！

【表川(おもてかわ)結衣(ゆい)】

「～♪」

超変身！　裏(うら)ちゃん！

ぎゃるるん、なんて擬音が聞こえてきそうな【裏】モード。

姿見に映った姿を視認して思う。我ながら外見の変わりっぷりが怖い。

オタクくんに忍び寄ると、今朝手渡したハンカチをジッと見つめる姿が目に入る。

ほう。ほうほうほう。これはまたずいぶんと無防備ですな。

肉食獣(ギャル)の前にタレを塗って待つ草食動物(オタク)、なんて言葉が脳裏に浮かぶ。

「いまなに考えてんの？」

「――挨拶や雑談をする程度の関係になれたらいいなって、誰っ⁉」

ぐりん、と聞こえてきそうな勢いで首を回してくるオタクくん。

私を視認するや否や、

「なんだ裏川(うらかわ)さんですか」

あっ、ああ────!!

なにそれ！　そういう舐めた言動取っちゃう？　ないわー！　オタクくんないわー！

はい、からかいます。からかってわからせてやりまーす。

というわけで、オタクくんの隣席へ。

「ちっ、近くないでしょうか……？」

おやおや。声が上擦ってますけど？　さっきまでの反応と全然違うじゃん。

表ちゃんと違って露出度高めだし、刺激が強かったかな？　悪いけど容赦しないから。

「私に慣れるなんて13億光年早い！」

「単位間違ってますよ」

「あっ、そういうこと言っちゃう？　じゃあ言わせてもらうけど、私とオタクくんの心の距離はそれぐらい離れてるから」

「えげつない形で単位を正してきた⁉」

「私に逆らおうなんて13億光年早いから。わかった？」

「おっしゃる通りです。深く反省していますのでご容赦を」

「うむ、苦しゅうない。斬首の刑に処す」

「容赦がなさすぎる」

あははっ、相変わらず欲しいところに欲しいツッコミしてくれるよね。

すっかり毒気を抜かれてしまった私は口元をにまにまさせていた。

容赦がなさすぎる？　うん、たしかにその通りかも。

「男見せたんだって？」

「まさか見てたんですか⁉」

「あにょ、ひょれ、落とひみゃしたよ」

「もう、やめてくださいよ！　自分でもアレはなかったなって思っているんですから。というか本当に見てたんですか⁉」

顔を真っ赤にして顔を両手で覆うところが視界に入る。

おっ、ちょっと可愛い、かも……？　【表】の私に近寄ってくる男ってどうしても自信ありがちだからさ。

こういう姿を見せてくれる異性って新鮮なんだよね。

「違う違う。表ちゃんから聞いたの。オタクくんが話しかけてくるって事前に伝えていたからさ」

「ああ、そういう……」

「言っとくけど、私が――」

「――わかってますよ」

「えっ？」

「今朝のことは裏川さんが無理やり聞き出したわけで、聖女様の口が軽いわけでも、ましてや軽率でもないから逆恨みするなって警告ですよね。子どもじゃあるまいし、しませんってば」

「おっ、いいね。今のは私的にもポイント高いよ？

全く的外れだけど、そういう勘違いは悪くないかも。

「……へぇ。わかってんじゃん」

「〜〜〜〜〜〜〜〜はぁー」

感心したのも束の間、彼の口から重たいため息が漏れる。

「どうどう。急にどしたの」

「いや、僕ってその、見たまんまだと思いまして。もうちょっとマシな伝え方ができたと思うんですよ。あれじゃ針のむしろ、目撃者だっていましたし、聖女様に悪い噂が立ってなければいいんですけど」

「その言い方だとオタクくん自身は悪く言われても問題ないみたいに聞こえるけど？」

「僕の評価なんて元から最低ですから痛くも痒くもありませんよ」

「あっ、なんかごめん」

「でも聖女様は、ほら、名門校に通われているじゃないですか。制服で一目瞭然ですし。僕がやったことって周囲ガン無視の迷惑行為だったんじゃないかって」

「あくまで表ちゃんが第一だと」

「ええ、まあ、それは当然ですけど」

当然ですかそうですか。そんなあっさり言われるとさ。

あー、やっばい。

嬉しくて素で笑みが漏れちゃってるかも。考えてみたらすごい状況だよね。

想っていることを堂々と本人が聞かされているんだから。

「汗を拭き取ってもらったんだってね？　ありがたく思いなよー。表ちゃんにして欲しい男なんてそれこそ星の数ほどいるんだから」

「それは、はい。もう本当に感謝してます」

「で？　何でオタクくんが持っているのか納得行く説明をしてもらおうか」

「汚してしまったので洗濯して返すのが礼儀ではないかと」

「ふーん。それだけ？」

「正直に申し上げますと明日が楽しみな自分がいます……」

「つまり、表ちゃんにまた近づくための口実だったと」

「……はい。否定はできません」

拍子抜けするぐらいあっさり下心を認めるオタクくん。

たぶん、彼の性格からするに――なんか、この言い方だとわかってます感あるのが癪だけど――最初は申し訳なさからの発言だったんだと思う。けど時間と共に冷静さを取り戻して、また話しかけられる、って気持ちになったんじゃない？

これはオタクくんに恋慕がないか再確認しておく必要もありそうだよね。

異性として意識されたとなれば接し方も変わってくるしさ。

「オタクくんはさ、これからどうなりたいわけ？」

「できれば、その……挨拶や雑談をしてみたいです」

「今日話してみてやっぱり『僕でもワンチャン』なんて勘違いしちゃった？」

「そこまで自惚れてはいないです！　ただ――」

「――ただ？」

「話すことができたらもっと楽しい毎日が待ってるだろうなって。結局、自分本位かよって話ですけど」

〜〜〜〜あー、もういじらしいな。

恋愛とかじゃなくて単純に話してみたいとか、マジ絶滅危惧種じゃん。

がっつかないところも好印象だし。

ぶっちゃけオタクくんが豹変しないなら話し足りないなと感じ始めていたわけで。

実は今朝のハンカチの件から色々考えてたんだよね。

ただ、この提案は一歩踏み込むことになるからきちんと人物を見極めてからにしようと思っていたんだけど……。

あんな夢を見る少年のような瞳を向けられたらさ。

予定を早めちゃってても仕方ないよね。うん、仕方ない。


「……私って表ちゃんと仲良いんだよね」

「えっ、あっ、はい。そうでしょうね。いきなりどうしたんですか？」

「鈍感。察しが悪い男はモテないよ」

「僕の場合、察しが良くてもモテません」

「それな」

「否定して欲しかった！」

「あの娘ってお嬢さまでさ」

「裏川さんとは見るからに違いますもんね」

「あ？」

同一人物ですけど？

「なんて冗談です。ははは」

「もし本気で言ってたらオタクくんの毛根全滅してたから」

「度が過ぎる！」

全力でツッコむオタクくん。

欲しかった反応を見ているとこっちも楽しくなってしまうわけで。

私はわざとらしく頭頂部を見つめて、

「あっ、ごめん。どうやら私が手を下すまでもなかったみたい。もしかして気にしてた？」

「すでに全滅していた⁉　三十代後半からだと思ってたのに！」

「妙にリアルじゃん……というか、将来ハゲる前提なんだ」

「くっ……！　隠していた情報をこんなにあっさり盗み出すなんて。さてはスパイですね⁉」

「いや、違うから。オタクくんの毛根事情なんて興味ないから。鼻息荒いところ悪いけれどそろそろ話戻していい？」

「まるで僕が話したがっていたみたいな言い方！　いいですよ、さっさと戻してください！」

あはは！　ほんと欲しいところに手が届くよね。もしかして相性が良かったり？　馬が合うってやつ？

「それじゃ本題ね――表ちゃんって世間知らずな一面があるわけ」

「――あー。なるほど。そういうことって本当にあるんですね」

「庶民の生態に疎くて危なっかしいんだよね」

「庶民の生態！」

「同性のことなら私が教えてあげられるんだけど、異性となるとさ、やっぱり当事者じゃないと上手く伝わらないっていうか」

「はっ、はぁ……？」

眉間にしわを寄せているオタクくん。うそでしょ、まだわかんないの？

「はぁ～～～⁉　ここまで言ってまだピンと来てないわけ⁉」

「いやわかりませんよ！　いくらなんでも情報が少なすぎませんか⁉　そもそもどういう経緯でこの話になったんでしたっけ？」

「世間知らずのお嬢さま、彼女と話してみたい庶民オタクくん。ここから導き出される答えなんて一つしかないじゃん！」

「わかるかァ！」

こいつ……！　女の子に皆まで言わせる気だ！

あーもう、マジで察し悪すぎ！

「だーかーら！　表ちゃんに庶民の男子を知ってもらいたいわけ。もしオタクくんがこれからも紳士であり続けるなら、そのサンプルにしてあげようと思ってんの」

「えええええええええぇぇぇぇぇぇーっ!?」

ふふっ、存分に驚くがいい。

何を隠そう、これこそが私の秘策!

庶民サンプルに任命することでオタクくんを逃がさず、からかって楽しめる計画。天才かな?

「①庶民。②恋仲になろうとしない。③異性。三条件を満たすサンプルが本当に見つからなくてさ」

「僕だとチカラ不足じゃないでしょうか」

「チカラ不足に決まってんじゃん!」

「即答! あの、できれば嘘でも否定してもらえませんかねぇ!?」

「私って嘘つけない女だから(キリッ)」

「まさかの追い討ち!」

「それとも何? オタクくんに対する表ちゃんの評価がこのままヘドロでいいわけ!?」

「ヘドロだと思われてるんですか!?」

オタクくんはさ、表ちゃんを一目見ることで元気をもらっているわけじゃん？

だから私はさっきみたいなかけ合いで楽しむ権利があると思うんだよね。

オタクくんは私に癒される、私はオタクをからかって和む。

持ちつ持たれつ。対等な関係になれると思わない？

「よおく考えなよ。オタクくんは癒しの対象と会話できる上に、女の子に耐性もつく。表ちゃんはオタクくんを通して男子生徒——庶民の思考、言動に触れることができる。私は目の届く範囲で親友の見識を広げられる。さらに今なら出血大サービス」

「出血大サービス……？」

「これからも表ちゃんにお行儀よくするなら私が助言してあげる」

「助言、ですか」

「表ちゃんの好きなもの、とか」

「⁉」

オタクくんは救世主でも見るかのような眼差しを向けてくる。

わかりやす過ぎ。

言っとくけど私の助言はかーなーり効くよ？

そりゃそうでしょ。表ちゃんと裏ちゃんは同一人物なんだからさ。

「どうする？　表ちゃんを楽しませられるようになれば男として磨かれるし、悪くないんじゃない？　もちろん強要はできないからオタクくんが決めなよ」

私の確認にオタクくんは神妙な表情。何かを考え込んでいる様子だった。

「確認と約束を一つずつしたいんですが」

「とりあえず言いなよ。聞いてあげるから」

「聖女様はこのことを知っているんですか？　もし裏川さんの独断なら先に――」

「あのさあ、私が表ちゃんと何年一緒につるんでると思ってんの？」

「じゅっ、十年ぐらいでしょうか？」

「十七年だっつうの」

「それもう年齢に達してません⁉　もしかして生まれた病院まで一緒だったりするんですか⁉」

「……それマジでやってんの？　いや、やってるんだよね」

「⁇⁇」

うわー、頭上にクエスチョンマークをたくさん浮かべてるわー。

十七年ずっと一緒。

それが意味するところは【表】と【裏】が同一人物だってこと。それなのにオタクくんが気づく気配は一切なし。

それどころか、生まれた病院まで一緒ときた。そんなわけないじゃん！

鈍いなあ本当に……。

「安心してください。ちゃんと読み取りましたから！」

「……たぶん、というか絶対伝わってないけど、もういいよ。そっちの方が面白いし。で？約束の方というのは？」

「義務にしないで欲しいんです」

「ん？　どゆこと。もう少し詳しく」

突然の申し出に首を傾げる私。

白状すると次の言葉を期待しちゃうよね。

「これから僕はサンプル役になります。幸運を噛み締めつつ、役目を果たそうと考えていますけど」

「うん、ちゃんとわかってんじゃん」

「聖女様が飽きたり、それこそもう話しかけてこないで欲しいと思ったらすぐに僕の首を切って欲しいんです」

「殺してくれってこと？」

「サンプル役を解いてくださいってことです！」

「なんだ。そういうこと。紛らわしい言い方しないでよ。ケジメとして首を落としてくださいってことかと思ったじゃん」

「それ本気で思ってませんよね⁉　マジだったら裏川さんと距離を置きたいんですけど！」

ごめんごめん冗談だって。即反応してくれるのが気持ち良くて、つい、ね？

もちろん本気じゃないから落ち着きなって。私も続きが気になってるんだからさ。

「どうどう。で、その心は？」

「聖女様って優しいじゃないですか。いや、それだと知っている風に聞こえちゃうな。僕は優しいと思っているんです。ただサンプル役を始めた手前『私のために始めてくれたことだし』って、気を遣いそうで。だから違和感を覚えたら無理に続けないで欲しいです。それを約束してもらえませんか」

「――合格。まっ、及第点かな」

オタクくんも損な性格してるよね。黙ってサンプル役を引き受けておけばいいのにさ。あくまで聖女様が最優先なんだ。

律儀というか何というか……。

まあ、それが面白いんだけど。ますます見逃せなくなったことは事実かな。

内心でニマニマしている私をよそに彼は続けてくる。

「それに」

「それに？」

「なんだかんだ、裏川さんと話すのも楽しいですし。正直願ったり叶ったりです」

無自覚女たらしやめれ……！

表ちゃんを前にしたとき、あれだけ挙動不審になっておいてこれだから。

もうほんと憎いよね。何がタチ悪いって、本気で言ってやがるところ。

「……なに、口説いてんの？」

「僕にそんな真似できると思います？」

「無理」

「だから即答しないで欲しいんですけど……僕ってほら友達がいないじゃないですか」

「知らないし、知りたくもなかった！」

「裏川さんの行動の裏に聖女様がいることはわかっていますけど、それでも、こうして話せるのは結構嬉しいといいますか、話し相手になってもらってありがとうございますというか」

ちょっ、こらっ、楽しそうな少年スマイルを浮かべるの禁止！

ずるいわー。無自覚ピュアずるいわー。

……なんか私が一方的な展開じゃない？

これは熱意を見せてもらう必要がありますな。

「まだちゃんと聞いてないけど？」

「聞いてない？　えっ、何をですか？」

「サンプル役を引き受けるかどうかに決まってるじゃん。ちゃんと熱意ある、お願いをしてくれたらオタクくんを任命してあげる」

私の言葉を疑わず真剣な表情のオタクくん。よもやトンデモ発言を誘導されているなんて夢にも思うまい。

「やりたいです！　やらせてください裏川さん！　僕を男にしてください！」

にゃはは！　はい私の完全勝利〜！　まだまだだねオタクくん。

まあ、これは今朝、注目を浴びせられたお返しということで。

悔しかったら、ハンカチを返しに来たときにちゃんと話しかけてきなよ？

「スケベ」

最高の捨て台詞を残して下車する私。

オタクくんはきっと血の気が引いて真っ青になっているに違いない。

あはは、明日はどんな反応を見せてくれるんだろ。別れたばかりなのにもう期待しちゃうんだけど。

知らないうちに病みつきになっちゃったりして。

万が一、そんなことになったら、それこそ責任取ってもらわないと。

まっ、それは冗談だとしても、明日も楽しみにしておくからねオタクくん。アデュー！

第四話

【土屋文太】


「おはようございます。ハンカチありがとうございました。これはお詫びです」

「おはようございます。ハンカチありがとうございました。これはお詫びです」

「おはようございます。ハンカチありがとうございました。これはお詫びです」


深夜。自室にて。僕は姿見の前で明日の予行練習をしていた。

聖女様を目の前にしたコミュ障が取り乱さないためにはどうすればいいか。

足りない脳みそを振り絞って、一つの答えにたどり着く。

あらかじめ話しかける言葉を洗い出し、繰り返し発声。

対象と接触したとき、決められた動作をすることだけに全神経を割く。

元から僕の辞書になかった『臨機応変』ガン無視。アドリブも全捨て。

これなら取り乱すこともないはずだ。


さらにお詫びとして白を基調としたハンカチを買ってきた。

手さげ袋に入ったこれをさり気なく手渡し、即座に撤退するという作戦だ。

聖女様だって馴れ馴れしく話しかけられるより挨拶から始められる方が抵抗がないはず。

僕としても短いやり取りに全集中できるためありがたい。


悪くないんじゃなかろうか……。

目標は聖女様の僕に対する評価を上方修正してもらうこと。

あにょひょれ星人もしくはヘドロを卒業したい所存。

見ててください僕の変身！　まずは挨拶します！　してみせます！

決意を胸に布団にイン。

もはや言うまでもないとは思うんだけど、緊張から一睡もできませんでした。

これが原因で僕は――。

【表川結衣(おもてかわゆい)】

深夜。自室にて。私は姿見の前で調子を確認しながら思案していた。

明日、オタクくんはハンカチを返すため声をかけてくるはず。

さて、どうしてくれようか。

私は裏(うら)ちゃんモードで話しかけたときのことを思い出す。

「……なんだ裏川(うらかわ)さんか」だぁ？

初めてですよ。私をここまでコケにしたおバカさんは。


そっちがその気ならこっちも本気で行かしてもらうから。最終形態の表(おもて)ちゃんでね。

おそらくオタクくんは軽い挨拶をする程度を想定しているはず。

そこで誰かさんのスイートエンジェルが、

「せっかくですからお話ししませんか？」

と提案したら――。


サンプル役を引き受けたものの、助言を何一つもらっていないオタクくんの頭が真っ白になることは自明の理。
ふふ。ほーんと揶揄い甲斐があるというか、欲しい反応を見せてくれるというか。
まあ、期待を裏切らないよね。
あー、早く通学時間にならないかなー。
私は逸る気持ちを抑えてベッドにイン。
にまにまと笑みを浮かべながらすやすやと夢の中へ。
待ってろよーオタクくん。最高の聖女様で登場してやるからな。

○●○

舞台は車両内。
役者はオタクくんと聖女様の私。
客観的に考えれば、何から何まで対照的だよね。
脇役と主人公。平凡な男子生徒とやんごとなき身分の私。
挨拶だけ済ませたいであろう男とガッツリ絡んで反応を楽しみたい女。
まさに男と女の駆け引きってやつ？
よもや庶民サンプル初日から聖女様と登校するとは夢にも思ってないはず。

肉食獣のような視線を彷徨(さまよ)わせると、俯(うつむ)いているオタクくんを発見。気配を消して忍び寄る。

にしし……。

盛大に驚かせてやろうと隣に座ろうと思った瞬間、私は衝撃の事実を視認した。

はっ、はぁ〜〜〜⁉ 信じられない！ てっきり緊張で項垂(うなだ)れているのかと思いきや、爆睡してやがるんですけど‼

こっ、こいつ〜〜〜⁉

庶民サンプル初日にブラックアウトって！ さすがに想像の埒外(らちがい)だって！

これじゃオタクくんをからかえないじゃん！ 無理やり叩(たた)き起(お)こすわけにもいかないしさ。

もぉー、残念すぎ——⁉

——って、いやいや。残念？ 私いま残念って思った？ 冗談！ それだと会うのを楽しみにしていたみたいじゃん⁉

そういうんじゃないってば！ たとえるなら……そう！ 満点の外見でオタクくんを癒してあげたかっただけ。

無償の愛！ 慈善(ボランティア)だから！

起きろー、起きてこっちを見ろオタクくん！ マイスイートエンジェルがもう乗車してるん

だぞ⁉

あいかわらず聖女様から注目されているなんて夢にも思ってないオタクくん。

そりゃそうだよね。彼が見ているのは夢なんだからさ。爆睡乙。

無慈悲にも時間は過ぎ去り、間も無く下車駅。アナウンスが車内に流れ始める。

嘘でしょ、ねえ……いよいよ最後まで起きなかったんですけど——‼

ありえない！　マジありえないっての！　せっかく早起きしてパーフェクト表ちゃんに仕上げたのに！

怒りと不満を押し殺そうと俯くと、
ん？

手さげ袋が視界に入る。

荷物入れにしては小さい気が……それに男子が持ち運ぶにはどう見ても不都合なデザインだし。

「……んっ、お詫び、です」

「⁉」

オタクくんの声に心臓が跳ねる私。

急いで彼を確認するとスヤスヤと寝息をたてていた。

なんだ寝言……驚かさないでよもう。

それにしてもお詫び？　何か渡そうとしてたってこと――⁉

私は手さげ袋の間から見える〝何か〟に視線を落とす。

隙間からは正方形の小さな箱。

表面の透明フィルムにより中身が見えるようになっていた。

中には布？　――って、新しいハンカチじゃん！　えっ、嘘！　わざわざ買って来てくれたわけ⁉

うわ、めっちゃ嬉しいかも！　起きろー！　起きろオタクくん！　今ならまだギリ間に合うから！

私が必死なのは貰えるものは貰っておくハングリー精神じゃなくて経緯を妄想したから。

オタクくんの性格を考えれば、ハンカチ選びに頭を悩ませたことは想像に難くない。

もしかすると手渡すための予行練習だってしていたかもしれない。

ううん、してたと思う。

もしかしたら深夜遅くまでさ。

これだけは手放すまいと手さげ袋を摑んでいる姿からは想いの重さが伝わってくるというか。

この場で寝落ちしている原因まであるんじゃない？

……あーもう。仕方ないな。今回だけは見逃してあげる。

だって、

――これからいつでも会えるわけだしさ。


寝顔は……うん、可愛い顔してるかも。

そうだ！　もう一つお詫びもらっちゃおうかな。

取り出すは超高画質カメラ付きスマートフォン【裏ちゃん用】。それで寝顔をパシャり。

寝すごしたことに気付いたオタクくんはさぞ落ち込むだろうし、今日も裏ちゃんが励ましに
――いや、待てよ？　面白いこと思いついちゃったかも。

【土屋文太】

放課後、バイトを済ませた僕は帰宅途中の電車で落ち込んでいた。

またしてもやっちゃった……！

サンプル役を引き受けた昨日の今日で寝落ちなんて……！

一体僕はどこまで脇役なんだ！

聖女様の前で失態をさらす↓落ち込む↓裏川さんに喝を食らわせられる。

なんかもうお決まりのパターンになってないかなこれ⁉

僕の読み通りだとするとこのあと、聖女様から、爆睡していたことを聞きつけた裏川さんが登場。

毒舌毒舌叱咤毒舌からかい激励の洗礼をうけることになるわけですね。

嫌だああああああああぁぁぁぁー‼

ケラケラと悪魔スマイルを浮かべる裏川さんが容易に想像できる。

オタクからすれば高嶺の花であるギャルに構ってもらえるというのは、ある意味ご褒美だけど、生憎、彼女は師匠ポジでもあるわけで。鬼教官、鬼軍曹なんて言葉がよぎる。

この気持ちをどう表現すればいいのだろう。決して嫌いなわけじゃないのに（むしろ好感しかないのに)、会うのには勇気がいる、みたいな。
厳しい説教をするけれど、その裏には愛情があるお爺ちゃんみたいな?
いや、ギャルをお爺ちゃんにたとえるのはおかしいな。

「お隣いいですか?」

来たアアアアアアアー!!
恐怖のあまり顔も上げずに「お手柔らかにお願いします」と返答。
次いで違和感。

——お隣いいいいですか、か?

ん? お隣いいですか? なぜに敬語!?
というか、声音がいつもと違うような気が——、
違和感を覚えると同時。僕が顔上げるや否や、

「それでは失礼します」

「(ふわあああああああぁぁぁー!)」

思わず絶叫してしまいそうになるのを必死に堪えて呑み込む僕。

あまりの衝撃に両目がこぼれ落ちそうになる。どっ、どどどどういうこと⁉

い、い、い、いつもならここで裏川さんじゃん! あの性格を疑うギャルじゃないですか!

どうしてここに聖女様が、——⁉

にゃんでー⁇⁇ 一体何が起きて⁉

あっ、いや、そうか。夢か。夢の中か。

起きろ! 攻撃されてる! これは夢だ! 起きて戦え……ッ!

「突然姿を現してごめんなさい。もしかしてご迷惑でしたか?」

「しょんにゃわけありましぇん!」

滑舌が死んだ! というか現実だ! 間違いなくリアル! だってめちゃくちゃいい匂い!

ふわああああああぁぁぁぁー!

ヤバいって! 全身から発せられているオーラで浄化されちゃうよ!

「どっ、どうして聖女様が？」

「聖女様って私のことでしょうか？」

あっっっっかん‼‼　突然身に降りかかってきた幸運に脳の処理が間に合ってない！

おかげで本人を前に聖女様って……！

ドン引きされたんじゃ……！

「こっ、心の中で勝手にそう呼ばせていただいてました……」

ぷしゅうと湯気が立っていると錯覚するぐらい顔が熱い。

いや、そりゃそうだって。圧倒的情報量を前に五感が悲鳴を上げているんだから。

チラッと視線を向ければ光沢のある髪に直視できない美貌。うっ、眩(まぶ)しい！

嗅覚に意識を向ければ女の子特有の甘い匂い。全身から発せられている【癒】オーラは制服に浸透し、血行を促進。

肌が喜んでいるのがわかる。

「オタクさんにとって私は『癒し』ですもんね」

「ぶふぉ⁉」

予想外の発言に言葉を詰まらせる僕。

「あれ違いましたか？　裏ちゃんからそうお聞きしていましたが」

「げほっ……げほっ、いえ、合ってます。勝手ながら癒されていました」

しっ、師匠〜〜〜⁉　まさか僕が聖女様に【回復】をかけてもらっていることをバラしたんですか⁉

ひどいよ！　こんなのあんまりだよ！

裏川さんへの抗議を誓う僕。この話題は色々とマズいので話題を転換する。

「そっ、それでその……聖女様はどうしてこの電車に？」

「ふふっ。やっぱりそうお呼びになるんですね」

口元に手を持っていきながら、可笑しそうに微笑む聖女様。

ぐあああああああああああああー！

尊いを一周して、逆に心臓麻痺になってしまいそうな破壊力‼‼　直視できない！

これぞまさしく必殺！

癒しって天元突破すると殺傷力になるんだね！

「今朝、いつもの車両に私ではなく裏ちゃんが乗車していたことはご存じでしたか？」

「えっ⁉」

知らない！　全然知らなかった！　というか、乗車するや否や、すぐさま寝落ちしましたから！

「この反応——ご存じなかったんですね。裏ちゃん、オタクさんはサンプル役としての自覚が足りないってぷりぷりでした。宥めるの大変だったんですよ？」

「その度はご迷惑をおかけしました……」

まさか今朝の電車に聖女様ではなく裏川さんが乗車していたなんて……。

サンプル役への助言や伝え忘れていたことがあったんだろうか。

それを宥めてくれた聖女様の慈悲深さといったら……裏川さんにも見習って欲しいよ。

というか、

「サンプルの件はもうお聞きになっていたんですね。僕なんかで本当にいいんですか？」

「はい。裏ちゃんから大丈夫だと聞いていますから。これからよろしくお願いしますね」

ニコッと淑女の笑み。聖女様の親友に対する信頼感がすごい。

僕も抜擢してくれた裏川さんの顔に泥を塗ることがないよう気を引き締めよう。

「ということはこの電車に乗車するよう指示したのは——」

「——はい。もちろん裏ちゃんです」

あいかわらずアグレッシブすぎる。

「これを見せてやれって」

そう言って聖女様はスマホを取り出し、画面に表示された写真を見せてくる。

聖女様との距離がより近くなることに戸惑いながらも映し出された写真に目を向けると――、

「――隠し撮りされとるやんけ！」

そこには僕の寝顔がデカデカと収められていた。

この写真が聖女様のスマホに保存されている事実の意味するところは何か。

オタクに優しくないギャルめ……！　僕の呆けた寝顔を隠し撮りしたあげく、よもや聖女様に送りつけるとは！

このうらみはらさでおくべきか‼

「面白いですよね」

「面白い⁉」

えっ、いま面白いとおっしゃいました⁉

面白い顔してるだろ、ウソみたいだろ、寝てるんだぜ、それ、ってことですか⁉⁉⁉⁉

「あっ、ごめんなさい。つい」

容赦なさすぎィ！

「つい⁉」

もしか――しなくても結構容赦ないな。なるほど裏川さんのサンプル云々も妙に説得力がある。

おちゃめというか、天然というか、裏川さんと親しいのもわかるというか。

「もしかして……幻滅されました？」

「幻滅？　どうしてですか」

「オタクさんの思い描いていた女の子と違っていたかもしれないので」

「幻滅なんかしませんよ。むしろ光栄です」

「光栄……？」

きょとんと首を傾げる聖女様。

「一目見られるだけで十分だったのに、いまはこうして会話できているじゃないですか。思い描いていた姿と違うってことは、それだけ素に近寄らせてもらっているんじゃないかって。だから光栄です」

「……なるほど。それでは私の本性が裏ちゃんそっくりだったらどうします？」

「ええっ⁉」

これまた予想外。この外見と口調で中身は裏川さんだって……？　ちょっと想像できないや。

誰がどう見ても対照的というか。

「正直に言えば、その、驚きを隠せないと思います。理解が追いつかないというか」

「……そう、ですか」

感情の読み取れないあいづち。聖女様と裏川(うらかわ)さんは親友。気の置けない仲だ。驚きを隠せない、理解が追いつかない、なんて肯定的には聞こえないはず。

「だけど裏切られたとは思いません」

「えっ？　それは反応と矛盾していませんか？」

聖女様に向けられた視線が「なぜ」と問いかけていた。僕は続ける。

「いや、裏切られたと思うってことは期待していたからですよ。誤解を恐れずに言えば僕は聖女様に何ひとつ期待していません」

「ええっ⁉」

今度は聖女様が予想外と言わんばかりの反応。

「僕は貴女を一目見て勝手に癒されていただけで、それ以上でもそれ以下でもありませんから。だからこそ最初は知らなかった一面に驚きはしても失望はないです、はい。というより」

裏川(うらかわ)さんの言動を思い出す。

ぶっちゃけ、おもちゃのような扱いばかりのような気もしないけど、

「なんだかんだ裏川(うらかわ)さんと話すのって楽しいんですよ。僕が自他共に認める受身っていうのもあると思うんですけど。やっぱり関係性がはっきりしているからですかね。だから」

息継ぎ。

「もし聖女様が裏川さんのような性格だとしたら、僕にとっては幸運かもしれません」

「それって――」

疑惑が入り交じったような視線。

言い終えてから恥ずかしげもなく語った内容を恥じていた。

なんか良いこと言った風だったけれど、大した中身もなく、何よりこの言い方だと裏川さんに異性として好意を持っているように聞こえてしまったんじゃないだろうか。

相変わらずオタク脳の発想だとは思うんだけど、僕はいまサンプル役もしているわけで。

もし聖女様が僕と裏川さんとの間を応援しようなんて勘違いをしたら、複雑な三角関係に発展的な――!?

「――オタクさんってMなんですね」

なんて?

うん、あの、えっ、聞き間違いかな？ ラブコメ真っしぐらかと思いきや、全く全然斜め上すぎる言葉を浴びせられたような。

耳にゴミでも詰まっていただろうか。

幸い、僕にだけ聞こえるぐらいの小声だったおかげで周囲の冷たい反応はなかったものの。

ブッ飛んだ発言に頭が真っ白だ。

「あの、いま、なんと？」

「えっ？　もしかしてまた何かやっちゃいました？」

異世界じゃないんだから。

「積極的な異性との相性が良いときに使われる言葉ですよね？　裏ちゃんからそう聞いてたんですけど」

裏川さん、貴女の悩みはしかと理解しました。世間知らずのお嬢さま。箱入り娘。なるほど。

サンプル役が必要になるわけだ。

「いや、Ｍというのはですね――」

と正確に意味を伝えようとしていることを自覚した僕は急いで口を閉じる。

いやいやいやいや⁉　僕はいま何を言おうとした⁉　よりにもよって聖女様本人にＳＭの概念を教えようとした？　命知らずか！

これは罠だ！

サンプル役を引き受けてすぐに偏った知識を聖女様に授けてみろ。

それを耳にした裏川さんのマジギレがありありと目に浮かぶ。

「もしかして私の知らない意味があったんでしょうか？　教えてくださいオタクさん。私、気になります」

なに気にしてんねん。というかその台詞(せりふ)どっかで聞いたことあるわ。

ダメだ、ツッコミが渋滞し始めたぞ……！

「いえ、その……僕の口からは説明しづらいと言いますか、気になるならもう一度裏川(うらかわ)さんに聞いてもらった方が……」

必殺、なすりつけ！　ごめんなさい裏川(うらかわ)さん！　恨むなら純粋無垢(むく)な聖女様を恨んでください！

「もう。オタクさんも教えてくださらないんですね」

膨(ふく)れ面(つら)聖女様。上目遣いで繰り広げられたそれは危うく昇天してしまいそうな威力。

「その代わりと言ってはなんですがこれを——！」

ここで半ば強引に手提げ袋を聖女様に差し出す僕。

「これは？」

「昨日ハンカチを汚してしまったお詫びです。もしよければ受け取ってください」

今朝は夢の中に落ちてしまったものの、繰り返し練習していた成果が現れる。詰まることなく言葉が出てきた。

「そこまで気になさらなくても大丈夫ですけど……本当にいいんですか？」

「はい。是非」

「ではありがたく頂戴します。中を見ても？」

「もちろんです」

バクバクと心臓の音がうるさい。実はこのお詫びにはもう一つ目的がある。

「あれ？　新しいハンカチが二枚……？」

「白を基調としたハンカチは聖女様に。もう一枚、黒のハンカチは、その、不躾なお願いになるんですが、裏川さんに渡していただけないでしょうか」

「えっ、裏ちゃんに？」

僕が想像している以上に驚いた様子の聖女様。

お詫びと言っておきながらお願いするというのは失礼極まりないわけで、当然の反応だ。

「他意はないですよ？」

「落ち着いてください。目が泳いでいますよ」

聖女様にお詫びすることを決意した際、僕は裏川さんへのお礼も一緒に買うことにした。

やはり現在の恵まれた状況があるのはひとえにオタクに優しくないギャルのおかげであるわけで。

「ご存じだと思いますけど、裏川さんって面倒見がいいじゃないですか」

「ふふっ。ありがとうございます」

嬉しそうな聖女様。おもわずこぼれてしまった笑みだった。

それにしてもありがとうございます、ですか。親友を褒められて感謝なんて本当にマブダチ(死語)なんですね。

「いまこうして聖女様とお話しできているのだって、彼女が背中を押してくれたからですし、感謝し足りないぐらいです」

「……もっとください」

「もっとください？」

両手で口元を隠して、まさかの食い気味！

そっ、そんなに嬉しいんですか……？

「オタクさんから見て裏ちゃんってどうですか？」

「どう、とは？」

「容姿や外見です。好みをお聞きしました」

うぐっ……。これまた答えづらい質問ですね。好奇心に満ちたキラキラ視線を向けないでいただきたい！

「それは――」

「――安心してください。もちろん秘密にさせていただきます。こう見えて口は堅いので」

「くれぐれも口外禁止でお願いしますよ。きっ、綺麗な方だと思います、はい……」

「ほう。スタイルはどう思われますか？」

「スタイル⁉」

「私、気になります」

だから何を気にしてんねん、ってツッコミたい。見かけによらずグイグイきますね。

お嬢さまとは言え、こういった話題は大好物だったりして？　普段は立場や周囲の目があるから気軽に聞けないとか？

裏川さんが連れて来たサンプルなら安心して聞くことができる的な？

いや、もしかしたら聖女様は聖女様で僕が裏川さんと連むに値する男かどうかを見極めようとしている可能性もあるのか。

気を引き締めよう。

「……脚が長くてモデルみたいですよね」

「いただきました！」

「いただきました⁉」

なにを⁉　なにをいただいたんですか⁉

「脚を組まれたときは目のやり場に困っている、と」

「断じて言ってません！　あの、気持ち悪がられるので本人の前で言わないでくださいよ？」

「……ふふ」

「いや、ふふではなくて」

「秘密にして欲しいですか？」

「秘密も何も言ってないんですが、でっちあげられるぐらいならお願いしたいです」

「一つ条件があります」

「交換条件ですか」

なんだろうこの感じ。どことなく裏川さんと似た雰囲気を感じる。

もしかして僕はからかわれサンプルとして認定されてしまったのだろうか。

まあ、彼女が楽しければ何でもいいけれど。こういうやり取りは憧れていたし。

正直願ったり叶ったりだ。

ぶっちゃけどこにでもいる男子生徒にこの状況は楽しすぎるわけで。

体感時間が短くなっていた。車内に到着のアナウンスが流れ始める。

「明日から話し相手になっていただけませんか？」

悪戯っぽく微笑む聖女様。なにを言われたのかわからず、一瞬呆けてしまう。

が、これだけは肯定しておかないと死んでも死にきれない僕は、

「もっ、もちろんです」

「ハンカチありがとうございました。裏ちゃんにも渡しておきますね。それじゃ、また明日」

「あっ、はい。また明日」

お辞儀して下車した聖女様の後ろ姿を見届けながら現実を噛み締める僕。

──また明日、か。

よもや一目見るだけでよかった女の子とそんな約束を交わすことになるなんて。

これも全部オタクに厳しいギャルのおかげかと思うと感謝してもし足りないぐらいだ。

今回はハンカチを間接的に渡してもらう形になったけれど、きちんとお礼を伝えないと。

人生って本当何があるかわからないよね。

【表川結衣（おもてかわゆい）】

サンプル翌日にまさかの爆睡。約束をブッチされた私はオタクくんを驚かせるため表（おもて）ちゃんで特攻することにした。

表（おもて）ちゃんの襲撃にオタクくんの呼吸が止まる。いや、誇張抜きで。

おーい、大丈夫かー？　意識ブッ飛んでない？　戻ってこーい！

顔の前で手を振ってあげたくなるような反応。あいかわらずからかい甲斐があるなーもう。

「突然姿を現してごめんなさい。もしかしてご迷惑でしたか？」

「しょんにゃわけありましぇん！」

案の定、噛み噛み。頭が全く回っていないのが見て取れる。

ふーん。そんなにこの姿が良いんだ。

よいよい。愛（う）いやつめ。裏ちゃん（本性の私）を見慣れた発言は許してあげようではないか。寛大な心に感謝したまえよ。

「お隣いいですか？」

って、湯気出てない？

どんだけ恥じらってんの。

「聖女様って私のことでしょうか？」

「こっ、心の中で勝手にそう呼ばせていただいてました……」

恥ずかしがりながら告白するオタクくん。

……ほう。ほうほうほう。そそる反応するじゃん。これはからかい不可避ですな。

「オタクさんにとって私は『癒し』ですもんね」

「ぶふぉ⁉」

にゃはは。噴き出しちゃった。内心で悲鳴上げてたりして。

よもや【裏】の私に明かしたことを【表】の聖女様が把握しているとは思うまい。

悪いけど筒抜けに決まってるじゃん。だって同一人物なんだからw。

「そっ、それでその……聖女様はどうしてこの電車に？」

「今朝、いつもの車両に私ではなく裏ちゃんが乗車していたことはご存じでしたか？」

「えっ⁉」

「その反応——ご存じなかったんですね。裏ちゃん、オタクさんはサンプル役としての自覚が足りないってぷりぷりでした。宥めるの大変だったんですよ？」

「この度はご迷惑をおかけしました……」

大丈夫大丈夫。爆睡していたことなんて一ミリも気にしてないから。もう全く全然これっぽっちも気にしてないから。

これから楽しませてもらえれば、チャラにしてあげる。

深々と頭を下げていたオタクくんは顔を上げて、

「サンプルの件はもうお聞きになっていたんですね。僕なんかで本当にいいんですか？」

「はい。裏ちゃんから大丈夫だと聞いていますから。これからよろしくお願いしますね」

「ということはこの電車に乗車するよう指示したのは――」

「――はい。もちろん裏ちゃんです」

今朝の電車に乗車していたのは裏ちゃん、という嘘を押し通す。

だってこの方がずいぶんと都合が良いから。隠し撮りも聖女さまがしたことにはしづらいじゃん？

この車両に表ちゃんが乗車している理由にも使えるしさ。

さーて。それじゃお楽しみと行きますか。

「これを見せてやれって」

「――隠し撮りされとるやんけ！」

私が差し出したのはスマホの画像——オタクくんの寝顔。

あははっ、そんな威勢のいいツッコミ初めて聞いたんだけど。

そりゃ両目をこぼしそうになるよね。他ならぬ聖女様から提示されたらさ。

「面白いですよね」

「面白い⁉」

あっ、違う違う。オタクくんの反応やツッコミ、かけ合いが面白いって意味。

さては面白い（寝）顔と捉えたな？

すぐに訂正してもいいんだけど……せっかくだし、気になったことでも聞いちゃいますか。

「もしかして……幻滅されました？」

「幻滅？　どうしてですか」

「オタクさんの思い描いていた女の子と違っていたかもしれないので」

「幻滅なんかしませんよ。むしろ光栄です」

「光栄……？」

「一目見られるだけで十分だったのに、いまはこうして会話できているじゃないですか。思い描いていた姿と違うってことは、それだけ素に近寄らせてもらっているんじゃないかって。だから光栄です」

まさかの光栄ですか。

視線や動作、表情を観察するかぎり嘘をついているように見えない。

そもそもオタクくんはこの状況下で思ってもいなかったことを平然と言えるタイプじゃない。

ということは本気で言っていることになるわけで。

じゃあさ——表ちゃんの本性が裏ちゃんだったらどう思うわけ？

「……なるほど。それでは私の本性が裏ちゃんそっくりだったらどうします？」

「正直に言えば、その、驚きを隠せないと思います。理解が追いつかないというか」

「……そう、ですか」

そっか……。

オタクくんといえど、好みの異性が思っていた人物像と違っていたら理解が追いつかないよね。

そりゃそうだ。だけどちょっと残念かな。

「だけど裏切られたとは思いません」

「えっ？　それは反応と矛盾していませんか？」

驚いても失望はない？　どういうこと？

「いや、裏切られたと思うってことは期待していたからですよ。誤解を恐れずに言えば僕は聖女様に何ひとつ期待していません」

「ええっ⁉」

「僕は貴女を一目見て勝手に癒されていただけで、それ以上でもそれ以下でもありませんから。だからこそ最初は知らなかった一面に驚きはしても失望はないです、はい。というよりなんだかんだ裏川(うらかわ)さんと話すのって楽しいんですよ。僕が自他共に認める受身っていうのもあると思うんですけど。やっぱり関係性がはっきりしているからですかね。だから」

「もし聖女様が裏川(うらかわ)さんのような性格だとしたら、僕にとっては幸運(ラッキー)かもしれません」

……。

…………。

……………。

あー、やっぱい。嬉しいかよ。ちょっと肯定されたぐらいでニヤけが元に戻らないとかちょろいにもほどがあるじゃん。

うわー、めちゃくちゃ刺さっちゃった。

ダメだ。やっぱり顔が元に戻んないかも。

動揺を隠すため、私は話題を逸らすことにした。我ながら誤魔化し方が下手すぎ。

「──オタクさんってMなんですね」

「いや、Mというのはですね──」

言いかけて咄嗟に口を閉じるオタクくん。

さっきは意識外からの一撃を食らったし、今度は私の番かな。

やられたらやり返す。裏返しだ！　なんちゃって。

「もしかして私の知らない意味があったんでしょうか？　教えてくださいオタクさん。私、気になります」

「いえ、その……僕の口からは説明しづらいと言いますか、気になるならもう一度裏川さんに聞いてもらった方が……」

「もう。オタクさんも教えてくださらないんですね」

説明するのは憚られたのか、裏ちゃんに丸投げで危機を回避するオタクくん。

卑怯者め……！

「その代わりと言ってはなんですがこれを──！」

「これは？」

「昨日ハンカチを汚してしまったお詫びです。もしよければ受け取ってください」

「そこまで気になさらなくても大丈夫ですけど……本当にいいんですか？」

「はい。是非」

「ではありがたく頂戴します。中を見ても？」

「もちろんです」

「あれ？　新しいハンカチが二枚……？」

「白を基調としたハンカチは聖女様に。もう一枚、黒のハンカチは、その、不躾なお願いになるんですが、裏川さんに渡していただけないでしょうか」

「えっ、裏ちゃんに？」

うわ、不意打ちじゃん！　私の専売特許パクんな！

なんて思っておきながら、まあ、嬉しいよね。嬉しくないわけがないというか。

「他意はないですよ？」

「落ち着いてください。目が泳いでいますよ」

「ご存じだと思いますけど、裏川さんって面倒見がいいじゃないですか」

「ふふっ。ありがとうございます」

「いまこうして聖女様とお話しできているのだって、彼女が背中を押してくれたからですし、感謝し足りないぐらいです」

面倒見がいい？　そりゃ目の前で必死な男の子がいたらちょっとぐらい手を貸すでしょ。

ましてオタクくんって恋愛に結びつけようとしてこないし。

異性として意識された男からの褒め言葉ってどうしてもそのまま素直に受け取れないというか、うさんくさいっていうか。あんまりどころか全然嬉しくないんだけど。

オタクくんは、異性としてじゃなくて、表川結衣として、一人の人間として褒めてくれている気がするというか。

だから、まあ、欲しがっちゃうよね。

「……もっとください」

「もっとください？」

「オタクさんから見て裏ちゃんってどうですか？」

「どう、とは？」

「容姿や外見です。好みをお聞きしました」

「それは──」

「──安心してください。もちろん秘密にさせていただきます。こう見えて口は堅いので」

「くれぐれも口外禁止でお願いしますよ。きっ、綺麗な方だと思います、はい……」

ほーう。ほうほう。褒めても何も出ないけど、悪くない答えじゃん。

そっかー。

なんだ裏川さんか、なんて言ってた割に、内心バクバクでしたか。すみませんねえ、美人で。

異性に容姿や見てくれを質問するなんて、普段は絶対にしないいんだけど……オタクくんなら「イケるかも」なんて勘違いせず、口説き出したりもしないからさ。

「ほう。スタイルはどう思われますか？」

「スタイル⁉」

「私、気になります」

「……脚が長くてモデルみたいですよね」

「いただきました！」

「いただきました⁉」

あー、純粋にからかい甲斐のある反応だけ返ってくるって楽しいかも。

脚が長くてモデルみたいですか。そうですか。

いやあ、羨ましいですよ私は。

美人でスタイル抜群のギャルに弄ってもらえるオタクくんが。

「脚を組まれたときは目のやり場に困っている、と」

「断じて言ってません！　あの、気持ち悪がられるので本人の前で言わないでくださいよ？」

「……ふふ」

「いや、ふふではなくて」

「秘密にして欲しいですか？」

「秘密も何も言ってないんですが、でっちあげられるぐらいならお願いしたいです」

「一つ条件があります」

「交換条件ですか」

「明日から話し相手になっていただけませんか？」

勇気を振り絞ってハンカチを贈ってくれたオタクくんにご褒美。

表ちゃん初の男友達になってもらおうか。

予想通り、何を言われたのか理解が追いついていない様子。

なにその呆けた顔。そこは喜んで！　でしょ。

「もっ、もちろんです」

「ハンカチありがとうございました。裏ちゃんにも渡しておきますね。それじゃ、また明日」

「あっ、はい。また明日」

ハンカチのお礼を伝えてから下車。それにしても、また明日か。
うーん、悪くないな。いや、むしろ良いまである。
あはは……明日は何を仕掛けようかなー。
しばらく通学が退屈しないかも、なんて。

第五話

【土屋文太（つちやぶんた）】

明日が待ち遠しい。
遠足を控えた小学生のように浮かれる僕。
よもや『癒し』の象徴――聖女様と一緒に通学できる日が来ようとは。
已に舞い降りた幸運が未（いま）だに信じられないよ。

もちろん目的を見失わないようにしなければならないわけで。
僕は庶民サンプル。役目は男子生徒の生態を提供すること。
さて、どういう話題が好ましいだろうか。
まあ内向的な僕が振れる話題なんて限られているんだけど。

小説、漫画、ゲーム、アニメ、映画……。

うん、わかっていたけれど、見事なまでのインドア趣味だね。

洒落たカフェや美味しいスイーツ、流行りモノやサービス、アウトドアに関しては門外漢もいいところ。

胸を張って断言できる。全くわからない！

聖女様が内向的な趣味に興味がなければ——それは僕という人間、土屋文太との相性が良くないことと同義。

とはいえ、今から取り繕って間に合うようなものじゃない。

諦めて等身大で接してみよう。ダメで元々。判断は裏川さんに任せればいい。

というわけで安直だとは思うんだけどゲームに決定。学生カバンにイン！

ソフトは対戦可能なものにする。甲羅やバナナの皮を投げ捨てながら一着を目指すあれ。

本物の公道なら問答無用でブタ箱行きの、最高に盛り上がれるレースゲームだ。

ゲームは優秀な大人たちが知恵を振り絞って開発した娯楽品。楽しくないわけがないよね。

会話が途切れて気まずい思いをせずに済むし、予想外のプレイを前に楽しさを共有することもできる。

裏川(うらかわ)さん曰く、聖女様はお嬢さま。ゲームのような娯楽品に疎い可能性は大いにある。楽しみながら男子生徒の好きなモノ、遊びを知ることもできる。まさに一石二鳥。なんてのは都合の良い解釈で聖女様と時間を共有する手段がこれしか思いつきませんでした。仕方ないじゃん！　こちとら女子とまともな会話もしたことがないヘタレオタク。使えるものは使って何が悪いのさ（謎の逆ギレ）！


——というわけで翌朝。

いつもの時間、いつもの車両に乗車した僕を待っていたのは聖女様の不在だ。

認識した途端に噴き出す冷や汗。そりゃそうだって。

さっきまでの僕は美少女と楽しく対戦する妄想ばかりしていたんだよ？

初めての聖女様に操作方法をレクチャーしたり、不慣れな操作でハプニングを笑い合ったり。

青春らしいイベントが何一つない僕にとって貴重な体験になるはずだった。

なのに見当たらない現実。これが意味するところは何か。

もうお分かりだと思う。


「あっ、いたいた」

視界外から声をかけられるや否や脳内に鳴り響く登場音。

デンデンデン、デンデデ～ン、デンデデ～ン♪

人生で一度は聞いたことのある悪の代名詞。ダー◯・ベイダーの曲だ。


「I'll be back」


僕を見つけた裏川さんはグーサイン。まさかのターミ◯ーターの方でしたか。

聖女様とゲームができると思っていただけに落差が凄まじい。

天国から地獄に落とされた気分だ。

通学電車じゃなくてジェットコースターに乗車してましたっけ？　と疑いたくなるレベル。

「おっ、おはようございます裏川さん……」

「わっかりやすい反応。そんなに表ちゃんに会いたかった？」

「はうあ⁉」

あっ、しまった！　変な声が出た！　やばいって！　弱みを見せたら彼女の思う壺！

「図星じゃんｗ」

「……すみません」

熱い。頬が紅潮しているのがわかる。

聖女様に会えず残念なことを出会って5秒で見破られてしまった……！

我ながら分かりやすい性格だ。

「ごめんねえ。脚が長くてモデルみたいな美人ギャルの方で」

「⁉⁉⁉⁉」

えっ、ちょっ、はっ、ええっ⁉

どっ、どどどどどどどどどうしてそれを⁉

理解が追いつかない僕とは対照的にニヤニヤ顔の裏川さん。誰がどう見ても楽しそうだ。

まただ！　またおもちゃ！　この人は僕をおもちゃにして遊ぶつもりなんだ！

不自然なく隣席に座った裏川さんは端整な顔を向けてくる。

……せっ、聖女様‼‼

なーにが「こう見えて口は堅いので」ですか！

バリバリの口軽じゃないですか‼‼　えっ、軽！

よもや昨日の今日でからかわれるなんて思ってませんでしたよ！

文句の一つも言いたいところではあるものの、地味ヅラの僕が裏川さんの容姿を褒めてしま

ったことは事実なわけで。

穴があったら入りたい、いや、埋もれたいとはこのことだ。

「……自我を保ちたいので、その、忘れていただけると」

羞恥心が天元突破してしまった僕はうつむきながらなんとか声を絞り出す。

顔面を両手で覆わずにはいられない。

内心、美人だと思っていた本人に指摘されるとか恥ずかしすぎるって！　聖女様の意地悪！

「忘れて欲しい？　いやいや無理に決まってんじゃん」

ですよね！

「僕をからかうためにわざわざこの電車に乗車したんですか？　それも聖女様に代わって」

「そっ。なんだかんだ私と話すのが楽しいオタクくんのためにわざわざ早起きしたわけ。感謝してよー？　朝苦手なんだから」

「筒抜けやんけ！」

「あはは！　まあ落ち着きなって。別に取って食べようってわけじゃないんだからさ」

裏川さんの場合はやりかねないからこうなっているわけで。

「良い性格してますよ本当」

「拗ねるな拗ねるな。これはぜひ覚えておいて欲しいんだけど」

「……なんですか？」

「褒められて悪い気はしないってこと」

「それって……」

僕なんかに褒められてもそれなりに嬉しかったってことですか？

だとしたら恥ずかしい思いをした甲斐があ――、

「――ただし、これがイケメンに限るんだなあ」

「ダメじゃないですか⁉」

注釈が残酷すぎる！

「イケメン以外に言われても、あー、そうですか、ていう」

「勇気と声を振り絞ったのに！」

「ちなみにオタクくんはイケメンにかすりもしてないかな」

「おっとトドメを刺しに来たぞ。まさかの罵倒だ！　それ言う必要ありましたかねぇ⁉」

「ギャルはオタクを狩るにも全力を尽くすって言うからさ」

「獅子は兎を狩るにも全力を尽くすみたく言われましても！」

「……あっ、今のわかっちゃう感じ？　やるじゃん。もしかして私にからかわれる才能あるかもよ？」

「いらない。そんな才能は断じていらない」

なんて言うものの、こういうやり取りを望んでいたことは否めない。

というかぶっちゃけ楽しい。芸人はイジってもらうことがおいしいと感じるらしいけれど、なんとなくその気持ちがわかる。

裏川さんのフレンドリーな雰囲気がそうさせているのかもしれない。気が置けないというか。からかわれることで話しやすい雰囲気に一転するというか。

まあ、師匠のように厳しい一面もあって全く緊張しないわけじゃないんだけど。

「……ごほん」

とせき払いする裏川さん。

若干、不自然に感じた僕は横目で様子を窺ってみる。

そこには僕をからかって楽しんでいた姿はなく。なにより視線が合わなかった。

どこからともなく黒のハンカチを取り出し、僕の方に向けてくる。

裏川さんは視線を正面に向け、頬杖をしながら言う。

「……これ、ありがと」

珍しく小さめの声だった。どうやら僕はお礼を言われたらしい。

不躾なお願いだったにもかかわらず、行動が早い聖女様。

まさか昨日の今日でもう所持しているとは。さすがだ。

対応が迅速すぎて渡した僕の方が面食らっちゃったよ。

「えっ、あっ、恐縮です……」

滅多に見られない雰囲気に僕はつい癖で後ろ髪をかいてしまう。

「いや、なんでオタクくんの方が照れてんの」

「自分不器用ですから」

「高倉健か！」

「……えっと、裏川さんにはお世話になってますから、そのお礼です。照れくさくて間接的になってしまいましたけど」

裏川さんの雰囲気が伝播してしまった僕は彼女の横顔を見られなくなっていた。

互いに顔を逸らし、視線は正面の車窓。

体感時間とは対照的に街が高速で移り変わっていく。

「照れくさいってのは、まあ、わからなくはないかな。表ちゃんにはちゃんと渡せたようだし落第点はあげる」

「落ちてるじゃないですか。そこは及第点くださいよ」

「いやいや。だってカラーが。女の子に黒ってどうよ？」

「あー、そこですか。実は迷ったんですが、理由があるんです」

「ふーん」

「まさかの興味ナシ！」

ここで関心を失われると弁解のしようがないんですが。

「……」

「……」

沈黙！　まさかの黙り（だんま）ですか！　すごいな。こういうからかい方もあるんだ。

「……あっ、もしかして聞いて欲しい感じ？」

「むしろこの流れで聞かない選択肢があるとは思ってませんでしたよ」

「あはは。冗談冗談。ちゃんと興味あるって。そもそもこの電車に乗車したのだってオタクくんにお礼を伝えるためだったんだから」

「あっ、やっぱりそうだったんですね」

「気づいてたんだ」

「なんとなくそうじゃないかって思ってたんですよ。裏川（うらかわ）さんって律儀なところがありますし」

少なくとも近日中に再会するだろうな、とは考えてましたよ。

それこそまさか通学中、聖女様に代わって現れるとは思っていませんでしたけど。

「……私のこと知ったような口ぶりじゃん。で？　黒にした理由聞かせてもらおうじゃないの」

「裏川(うらかわ)さんと聖女様って、裏(うら)ちゃん表(おもて)ちゃんと呼び合うほどの仲じゃないですか」

「うん。まあね」

「表と裏ですから対照的なイメージカラーが良いんじゃないかと思いまして」

「天使のような表(おもて)ちゃんは白。ていうことは悪魔の黒ってか？　えっ、なにケンカ売ってんの」

声音に怒気を含ませる裏川(うらかわ)さん。泣く子も黙る眼光だ。

「……ちっ、違いますよ？」

「目が泳いでるじゃん」

「その、そういう冗談がよぎらなかったと言えば嘘になりますけど、本音は違うんですよ」

「うわ、認めちゃうんだ。律儀で面倒見がいい女の子を悪魔とかないわー」

若干声音に落胆が入り交じっているように聞こえるのは自意識過剰だろうか。

いずれにしてもこれだけは伝えておかないと。

「優柔不断な僕と違って、決断や行動が早いですし、なにより芯があるので、その……クールでかっこいい女の子に黒は似合うんじゃないかと思いまして」

またしても顔面が沸騰する。こういう本音をさらっと言えるメンタルが欲しい。切実に。

「そ」

一方の裏川さんは通常運転。どちらかといえば素っ気ない反応。

もしかしたらこの程度のことは言われ慣れているのかもしれない。

それこそ地味メンに言われても「あー、そうですか」という。

「そういうことなら許してあげる。本当にありがとねオタクくん。大事に使わせてもらうから」

「そうしていただけると嬉しいです、はい」

「……」

今日は珍しく沈黙が多い。

僕は本音を口にするだけで精一杯だし、裏川さんも感謝される立場だ。

こうなってしまうのも仕方がないのかもしれない。

薄ら横顔を確認してみると、なぜか裏川さんは自身の頬をひねっていた。

何をしているのか理解するより早く「よし」と呟き、こちらに顔を向けてくる。

「まだ時間あるし、恒例のオタクくん弄りでもしますか」

「全力で遠慮願いたい！」

なんてつい反射的にツッコんだものの、正直ありがたい。

なんというか裏川さんと二人きりのときに照れた雰囲気があると調子が狂うというか。

弄られていたときの方が居心地がいいというか。あれ、まさか本当にMじゃないよね僕。

「そういえば聞いたよー。表ちゃんから直々に庶民サンプルをお願いされたんだって？」

憎いねこのこの、と肘で脇腹を突いてくる裏川さん。

どうやらスイッチを完全に切り替えた様子。

「ええ。おかげさまで、聖女様から話し相手を頼まれました」

「やったじゃん」

「はい、めちゃくちゃ嬉しいです！」

「うわ満面の笑み。そんなの見せないでよ」

「えっ、どうしてですか」

「……それは……言えないけどさ」

「なぜに!?　むしろズバッと言ってもらった方がありがたいんですが！」

「あーもう鈍い。人の気も知らないでさ。そういうところマジで悪質なんだけど」

「そういうところ……？」

「そういうところだっての！」

首を傾げているとビシッと指差しで指摘されてしまう。

「でもさっきの話の流れだと正解は『キモいから』だと思うんですけど……」

「いや続けんなし。自分で言ってて悲しくならないわけ？　それよりさ、本当は表（おもて）ちゃんの相手するはずだったんでしょ？　なに話すつもりだったの」

期待の眼差し。

次いで僕は危機感。無意識にカバンを抱き抱えてしまう。

たしかに今朝は聖女様の相手をさせてもらうつもりだった。だけどそれを裏川（うらかわ）さんに問われる事態は全くの想定外。

いや、僕の人生に想定内なんて一度たりともないんだけど。

これはマズい気がする……！

ここで「ゲームで対戦するつもりでした！」と答えてみろ。引かれる。絶対に引かれる！

オタクくんさー、と説教が始まるに違いない。

「——昨今の世界情勢、ですかね？」

「急にどしたん？」

キメ顔で言い放った僕に対して「バカなの？」と言いたげな裏川さん。俗に言うジト目だ。

「逆に裏川さんはどう思います？」

「なんの逆？　ていうか、誤魔化そうとしてるのバレバレだから。さっさと白状して楽になりなって」

万事休す。目利きの裏川さんにド三流演技なんて通用するわけがないよね。ギャルの呆れた視線がただただ僕の胸を抉ってくる。

なにもしていないのにＨＰゲージはすでに赤色。仕方ない。

こうなったら奥の手、黙秘権を発動だ！

これをやられた相手は——困る！

「……」

「は？」

こっっっっっっわ！　ギャルの「は？」こっっっっっっっわ！

こんなのもらったらどんな犯人も自供しますって！　なんですか今の⁉　絶対零度じゃないですか！

「あっ、あっ、あっ……あっ」

「落ち着いて。キモオタになってるから。ていうかそこまで言い出しにくいことを話そうと思ってたわけ？　まさか下いのとか？」

「違います！」

「あっ、そこは全力で否定するんだ」

「そりゃそうですよ！　聖女様に下ネタ？　いやいやいや、そこまで命知らずじゃありませんよ！」

「じゃあなに話そうとしてたわけ？　さっさとゲロってよ。着いちゃうじゃん」

ぐぬぬ……万策尽きたか。よもや切り札である黙秘権をいとも容易く破るとは。恐るべしギャルの「は？」。

「実は――」

観念した僕は恐る恐る抱き抱えていた学生カバンからゲーム機を取り出す。

途端に、目つきが鋭いものになる裏川さん。

終わった……！　まちがいなくお説教だ！

「オタクくんさ――」

いつもより二トーンほど低い声。ええ、そうですよね。そりゃ怒りますよね。

話相手が翌日からゲームを提案って。我ながら短絡的すぎてつらたん。
裏川さんのお叱りと共に謝罪しようと決意した次の瞬間だった。

「――最高じゃん！」

「へ？」

興味津々と言わんばかりの反応。背景と効果音があればキラキラが適切だと思う。
ていうか、近い！　近いですってば！　うわ、まつ毛なっっっっが！
しかもいい匂い!!

「私ゲームやったことなくてさ。一度でいいからやってみたかったんだよね」

こちらに身を乗り出し食い気味の裏川さん。まさかの好感触！　僕が想像していた反応とは対極だ。

とはいえ、気になるのは……、

「私？」

僕は聖女様となにを話すつもりだったのかを追及されていたわけで。
突然、主体が聖女様から裏川さんに移ったことに戸惑ってしまう。

「あっ」

「あっ？」

「もっ、もちろん私が表ちゃんとしたことがない、って意味だから」

「あっ、そういう意味でしたか。たしかに教育上の方針でゲームに触れさせてもらえないこともありますよね。だとすると僕がやろうとしたことってマズいんじゃ――」

親友である二人ですら一緒にゲームをしたことがない箱入りのお嬢さま。

どこの馬の骨ともわからない僕が勝手に紹介したら大問題では？

「――大丈夫！　誘ってあげて！」

「えっ？」

「世間知らずのお嬢さまに男子生徒の生態を教える。そのための庶民サンプルなんだから。むしろナイスアイデアだって」

「いや、でもゲーム解禁って裏川さんが考えている以上に危険ですよ？」

「危険？」

「ハマると抜け出せない沼みたいなところがありますし」

「中毒性があるんだ……たしかにそれは気軽に勧められないかも」

「ですよね。いやあ、危なかった。今朝乗車して来たのが裏川さんでよかったですよ。もう少しで手遅れに――」

「――じゃ、まずは私で試してみよっか」

「……はい？」

この人は僕の話を聞いていたんだろうか。

「親友のためなら仕方ないじゃん？　ほら実験台ってやつ。表ちゃんが依存しないかどうか見極めようと思って」

なんというか初めて見るタイプの裏川さんだった。必死というか、乗り気というか。とにかく強引さが感じられる。

「あの、もしかして……したいんですか？　ゲーム」

「はぁ？　私は表ちゃんに害がないか確認しようとしてんの。話聞いてた？」

有無を言わさぬ威圧。

この光景だけ眺めたらギャルに恫喝されているオタクという絵だ。

眼光がこう訴えかけていた「いいからさっさとやらせろ」と。

「……どうぞ」

「うむ。くるしゅうない」

ゲーム機を手渡すや否や僕は度胆を抜かれてしまう。

逆！　あの、持ち方逆ですけど⁉

「ねえ、画面真っ暗なままなんだけど」

ええっ、嘘でしょ……⁉　まさか電源の入れ方もご存じないんですか？

さすがにここまでくると色々と考えてしまうわけで。

聖女様は名門私立校に通うお嬢さま。そんな彼女と親友である裏川さんもまた見た目に反して令嬢の可能性が高い。

プライベートなことだし、詮索はしないけれど、きっとそうだと思う。

つまり、聖女様と裏川さん、本当に二人ともゲームをしたことがない、まである。

物心ついたときからその面白さにのめり込んできた僕からすれば想像できない人種だ。

「えっと、まず持ち方はこうで、電源はここに――」

裏川さんの手に触れないよう細心の注意を払いながら一から説明していく。

操作方法の説明からかと思いきや、初歩中の初歩とは。

そもそも僕はここ数年、妹を除いて一緒にゲームをしたことがないわけで。

よもや男友達と対戦するより早く女の子とすることになろうとは。

役得といえばもちろん役得なんだけど、なんだこの状況⁉

「言っとくけど今のはオタクくんを試しただけだから」

上下反対だったことに気がついた裏川さんが言い訳っぽく言ってくる。

心なしか頬が紅潮しているように見える。これまた珍しい姿だ。

だけど僕は己の立ち位置を理解している。

弄っていいのは弄られる覚悟があるヤツだけだ。ちなみに僕にはない。

経験の有無でしかないのに、ここで大きな態度を取ってしまうと後が怖い。

「――操作方法は以上です。簡単に言えば『？』が描かれた箱にぶつかってアイテムを手に入れたらこのボタンで射出。走行車に的中させながら一着を目指すカーレースです」

「とにかくオタクくんにバナナの皮やトゲトゲの甲羅をぶつけたらいいわけ？　なにそれ。めっちゃ得意な分野なんだけど」

「得意分野がオタクに優しくなさすぎる！」

「思ってたより簡単そうだし、私に勝てたら一つだけお願い聞いてあげよっか？」

「ええっ⁉」

「うわなにその反応。ちょっと引くんだけど。男ってすぐそういうこと考えるよね」

「いや、裏川さんが突然変なこと言い出すからじゃないですか！　肌色多めのことなんて――」

「私、『そういうこと』としか言ってないんだけど。肌色多めって何？」

墓穴を掘った僕をジト目で射貫く裏川さん。くそっ、やられた……！　口を滑らせるよう誘導してたのか。

こういうからかわれ方では一生敵う気がしない。

「……腹を切ってお詫びします」

「いや、そこまでする必要はないけど、やっぱ考えてんじゃん。ドスケベ」

「ぐうう」

今のは油断した僕が悪い。

とはいえ、裏川さんの言動に侮蔑の色はない——と思う。どちらかといえば僕をからかって楽しんでいるように見える。

「言っとくけど変な意味じゃないから。常識の範囲内は守ってよ」

「それはもちろん。というか、本当にいいんですか？　初めてですよね？　僕はそこそこ慣れてますけど」

「大丈夫大丈夫。その代わり私が勝ったらちゃんと表ちゃんも誘ってあげてよ？」

「それはまあ願ったり叶ったりですけど……」

「あっ、カウント！　レース始まるよ！　集中集中」

はしゃぎ気味の裏川さん。新鮮だ。ここから僕は彼女の全く知らなかった一面を次々に見ることになる。

——レース開始直後。

「ちょっ、オタクくん速くない⁉　ロケットスタート？　いや聞いてないし！　卑怯者！」

——レース中盤。大きな曲がり角。

片腕に温かくて柔らかい感触。

何事かと思いきや、裏川さんが身体ごとカーブを切ろうとしていた。

「あの、腕が！　腕が当たってますって！」

「いま集中してるんだから話しかけないで！」

鬼気迫る表情でゲームに全神経を割く裏川さん。おかげでこっちに身体が傾いていることへの抵抗がなくなっていた。

えっ、ええー？

——レース終盤。裏川さんの起死回生を回避すると、

「はぁっ⁉　なんで今のが当たんないわけ！　避けんな！」

「ちょっ、痛——くはないですけどダイレクトアタックはダメですって！」

僕の肩をポカポカ殴って不満をぶつけてくる。

プレイヤーの手が出ちゃうのはあるあるだよね。

──レース決着後。最下位でゴールインした裏川さん。

「負けてない」

頭を垂らし、わなわなと震えていた。

いや、ビリで負けてないは無理があるのでは？

「……もう一回付き合って！」

「いや、無理ですって」

電車はすでに裏川さんの降車駅に向かっている。

残された時間から逆算するに、二回戦は厳しい。

「はぁ？　まさか（勝ち）逃げるつもり？」

興奮冷めやらぬ。声量も大きく、心なしか目が潤んでいるようにも見える。

嫌な……予感がする。そして悪いものほどよく当たる。

「オタクくんがシたいって言うからヤってあげたのに……」

「ちょっ、裏川さん⁉」

言葉のチョイス！　それからニュアンス！

涙目かつ頬を紅潮させながら、それはマズいですって!!

そもそもゲームをしたそうにしてたのは貴女じゃないですか！

「(ゲームから離れられない) こんな身体にしておいて責任取らない (もう一回対戦しない) つもりなんだ。最低」

カーレース決着後に乗車し、経緯を知らない乗客の視線が僕に集中する。

向けられる敵意。女の敵と言わんばかりの視線がグサグサと胸に突き刺さる。

「いや、ゲームをしていただけですよね!?」

「酷いよオタクくん！　私は真剣(マジ)だったのにゲームなんて」

「お願いですから黙っててもらえませんかねぇ!?」

色々と限界。もはやこちらの精神が保たないわけで。そんな心の悲鳴が天に届いたのか。

駅到着のアナウンスが車両に流れ始めた。

ふっ、福音だ！　いまの僕にとってまさしく福音！

「チッ」

「あっ、舌打ち！　舌打ちしましたよこの人！」

「次会うとき覚悟しときなよオタクくん」

レースゲームで負けたことが相当悔しかったらしい。恨めしそうに僕を睨みながら降車する裏川さん。

ん？　なにか呟いている？

ぼ・こ・ぼ・こ・に・し・て・や・る？　――ボコボコにしてやる⁉

えっ、こっっっわ！　ギャルの恨みこっっっっわ！

駅到着に安堵したのもつかの間。窓ガラス越しに脅迫されていた。

震え上がる僕はまだ知らない。

裏川さんい、い、い、の負けず嫌いは度を超えてい、い、い、い、るといい、い、い、うことを。

【表川結衣（おもてかわゆい）】

「おっ、おはようございます裏川（うらかわ）さん……」

「わっかりやすい反応。そんなに表（おもて）ちゃんに会いたかった？」

「はうあ⁉」

聖女様の登場を待ち望んでいるオタクくんに容赦なく不意打ち。

表（おもて）ちゃんだと思った？　残念、裏（うら）ちゃんでした！

「ごめんねえ。脚が長くてモデルみたいな美人ギャルの方で、」

ぶっちゃけ表（おもて）ちゃんに会えなかったときの反応って複雑だったりするわけで。

どう言えば適切かな。

嫉妬じゃないんだけど、ちょっとモヤるというか。

本性や実態に近い裏（うら）ちゃんに無関心なのは納得いかないというか。

恋愛感情に結びつけてこようとする男は論外とはいえ、女として意識されないのも面白くないからさ。

だけど今の私はそんな不満とは無縁。なにせ本音を聞いたばかり。まさか私のことをあんな風に思っていたなんてねー。

私を意識しているオタクくんの反応は——、

「……自我を保ちたいので、その、忘れていただけると」

あはは照れてる照れてる。めっちゃ動揺してんじゃん。

あんまり褒められたことじゃないけど、オタクくんの反応って承認欲求をくすぐってくるんだよね。

表ちゃんに代わってこの車両に乗車した理由はもちろんハンカチのお礼。

本当はきちんと目を見て伝えるはずだったんだけど、

「……これ、ありがと」

つい視線を逸らしてしまう。

こういうのってちゃんとしなきゃいけないのに、思ってたより照れくさいな！

もっと、こーう、軽い感じでお礼するつもりだったのに……！

いや、違う。そっか。いつもと逆なんだ。

表川グループの令嬢として振る舞っている表ちゃんは裏の顔。変な話、いくらでも装うことができる。

令嬢としての言動は息をするように慣れているけど、それ以外はしたことがない。

つまり今は限りなく素に近い状態。だからこんなにも照れくさいのかもしれない。

変な空気はオタクくんにも伝播してしまったようで。

恥ずかしそうに後ろ髪をかいていた。

いやいや、二人ともこの雰囲気はマズいでしょ。いつも弄られてるんだからこういうときぐらいからかってよ。

なんとか間を繋いでいると、話題はハンカチの色に。

「表と裏ですから対照的なイメージカラーが良いんじゃないかと思いまして」

「天使のような表ちゃんは白。ていうことは悪魔の黒ってか？　えっ、なにケンカ売ってんの」

「優柔不断な僕と違って、決断や行動が早いですし、なにより芯があるので、その……クールでかっこいい女の子に黒は似合うんじゃないかと思いまして」

いやいや、ここでそれ言う？　言っちゃうわけ？

まさかわざとやっているわけじゃないよね？　えっ、なに口説いてんの？

なんて邪推しそうになるものの、これまた色恋の発言じゃないからタチが悪い。

考えてみたら、本性である裏ちゃんで褒められたことがあるのってごく限られた身内だけなんだよね。耐性がないわけ。

　表ちゃんなら聞き飽きた賞賛に営業スマイル浮かべられるんだけど。

　あー、もう照れるな。ヤバいって。とにかくいつもの雰囲気に戻さないと。

「そういえば聞いたよー。表ちゃんから直々に庶民サンプルをお願いされたんだって？」

「ええ。おかげさまで、聖女様から話し相手を頼まれました」

「やったじゃん」

「はい、めちゃくちゃ嬉しいです！」

　バカ！　そんな屈託のない笑顔を向けて来ないでよ！

「うわ満面の笑み。そんなの見せないでよ」

「えっ、どうしてですか」

「……それは……言えないけどさ」

「なぜに⁉　むしろズバッと言ってもらった方がありがたいんですが！」

「あーもう鈍い。人の気も知らないでさ。そういうところマジで悪質なんだけど」

「そういうところ……？」

「そういうところだってーの！」

　首を傾げているオタクくんを指差す私。

鈍感！　思ってたより笑顔が可愛かったから――なんて言えるわけないじゃん!!!!

「それよりさ、本当は表ちゃんの相手するはずだったんでしょ？　なに話すつもりだったの」

途端に、態度を一変させるオタクくん。

こういう隠し事ができない性格だから、彼の賞賛は刺さってくるんだけど、今回はそれが仇となったみたい。

「――昨今の世界情勢、ですかね？」

「急にどしたん？」

やるならもうちょいマシな嘘ついたら？　下手にもほどがあるっての。

「……」

うわ、黙りやがったんだけど!?

これはさすがにお灸を据える必要があるかな。というわけで奥の手――ギャルの威圧。

これをやられた相手は――ゲロる！

「は？」

あんまりにも白状したがらないから、下い話かと勘繰ったものの、そんなわけもなく。

なんとオタクくんが取り出してきたのはゲーム機だった。

マジか！　マジかマジかマジか！　おおっ〜〜〜やるじゃん！

たぶんコミュニケーション力不足を補うためのツールとして選んだんだろうけど、ぶっちゃけ最高だといわざるをえないかな。

予想外の展開に我を忘れてしまった私はあろうことか、

「私ゲームやったことなくてさ。一度でいいからやってみたかったんだよね」

「私？」

違う違う違う！　今のナシ！　聞かなかったことにしてくれない？　いや、無理か。めちゃくちゃ疑心抱いてるじゃん。

あー、やっちゃった！　ボロが出ないよう気を引き締めてたつもりなのに、興奮のあまり素が出ちゃったじゃん。

いっそのことぜんぶバラしちゃう？

なんて一瞬頭をよぎったものの、嫌だとはっきり自覚する。

居心地の好いこの関係を続けたかったんだと思う。

気がつけば私は、

「もっ、もちろん私が表ちゃんとしたことがない、って意味だから」

なんて強引に丸め込んでいた。

初めて手にするゲーム機はとにかく新鮮で。

ためつすがめつしていると、

「えっと、まず持ち方はこうで、電源はここに――」

何気なく持ち方や電源の入れ方、操作方法をレクチャーしてくれるオタクくん。

手に触れようとしたり、不自然なボティタッチもなし。

上下反対に持っていたことを笑ったり、ましてや弄ったりもしてこなかった。

普段私が好きなだけからかっているにもかかわらずだよ？

無自覚紳士オタクやめてくんない？　ていうか、上下反対だったことも電源の位置も知ってたし？

オタクくんが選んだソフトはカーレース。ゴールインする順位を競うものだった。

アイテムをぶつけたりぶつけられたりするらしい。

操作方法を理解した私はオタクくんをからかう絶好のネタを思いつく。

「思ってたより簡単そうだし、私に勝てたら一つだけお願い聞いてあげよっか？」

「ええっ⁉」

「うわなにその反応。ちょっと引くんだけど。男ってすぐそういうこと考えるよね」

「いや、裏川さんが突然変なこと言い出すからじゃないですか！　肌色多めのことなんて――」

「私、『そういうこと』としか言ってないんだけど。肌色多めって何？」

「……腹を切ってお詫びします」

「いや、そこまでする必要はないけど、やっぱ考えてんじゃん。ドスケベ」

「ぐうう」

ぷっ、肌色多めって。なにその表現。あはは、引くんだけどー。

罠にひっかかった当人は猛省。これからゲームするんだから、しおらしくなりなさんなって。

冗談冗談。ちょっとからかっただけじゃん。

そうこうしているうちにカウントが開始。

結論から言えば……面白かった!!!! ゲームってこんなにのめり込めるものなんだ! めちゃくちゃ楽しいじゃん!

でもそれと同じぐらい悔しくて。いくら人生初めてのカーレースとはいえ、ビリになるなんてさ。甲羅やバナナの皮も全然当てられないし。

「……もう一回付き合って!」

「いや、無理ですって」

乗ってくれるかと思いきや、まさかの拒否ときた。

もちろん意地悪じゃないことはわかっているんだけど。

だってもうすぐ駅だもんね。

だけど、その冷静さが逆に私の性格を刺激するというか。

「オタクくんがシたいって言うからヤってあげたのに……」

「ちょっ、裏川(うらかわ)さん⁉」

演者としてのスイッチを入れる私。

目を潤ませ、興奮している様子を作り出す。

わざと声量を大きくして、周囲の注意を引きつけることも忘れない。

残念だったねオタクくん。

私、演劇の才能も持ってるんだよね。

「(ゲームから離れられない)こんな身体にしておいて責任取らない(もう一回対戦しない)つもりなんだ。最低」

必殺！　女の敵視線、集中砲火‼

経緯を知らない乗客を利用し、オタクくんの胸に白眼視(ナイフ)を突き刺していく。

恨むならゲーム処女の私に花を持たせなかった己の愚かさを恨むがいい。

「いや、ゲームをしていただけですよね⁉」

「酷いよオタクくん！　私は真剣だったのにゲームなんて」

はい、ドツボ～！　その程度の切り返し、私が読めないわけないじゃん。

「お願いですから黙っててもらえませんかねぇ⁉」

絶体絶命のオタクくんは悲鳴じみた懇願。

悪いけど、まだまだ容赦をするつもりは――と興が乗ってきたところで。

まさかの駅到着のアナウンスが流れた。

うそでしょ、ここで⁉　凶報でしかないんですけど！

くっそー、良いところで邪魔をしてくれちゃって。

「チッ」

「あっ、舌打ち！　舌打ちしましたよこの人！」

「次会うとき覚悟しときなよオタクくん」

まだまだ弄り足りなかった私は後ろ髪を引かれながら下車。

切り替えることができず、断念できなかった私はオタクくんを睨めつける。

声を出さずに唇だけを動かしていく。

「（ぼ・こ・ぼ・こ・に・し・て・や・る）」

この私が勝ち逃げ許すと思う？

いい気になるなよー。次会うときはフルボッコだから。

首を洗って待ってなよオタクくん！

第六話

【メイド】


ごきげんよう。わたくし、表川結衣(おもてかわゆい)様の使用人(メイド)でございます。

どうぞお気軽にメイドちゃんとお呼びくださいませ。

さて、近況のご報告ですが、最近のお嬢さまは不可解な行動が多くなっております。

たとえば通学。制服や髪型など、登下校で外見を変えることがしばしば。

表川(おもてかわ)グループはアパレルを展開しているため、専用の着替え室を用意することは難しい話ではありません。むしろ造作もないことでしょう。

問題は意図でございます。目的は何か。

調べてみますと、登下校の車両で別人を装いながら男子学生と会話されているとのこと。

立場が立場ですから、当初は素性を隠すためかと思ったのですが――。

「ただいまー。メイドちゃんいるー?」

噂をすればなんとやら。結衣(ゆい)様のご帰宅でございます。

登校時は制服を着崩したギャルだったのですが、現在は令嬢としてのお姿。

見た目は完全に別人でございます。

口調と声音も使い分けていらっしゃるので事情を知らなければ見分けるのも困難でしょう。

「おかえりなさいませ。貴女様(あなたさま)のメイドちゃんはここに」

役得とばかりにお嬢さまの元へと歩み寄ります。わたくし、何を隠そうお嬢さまが『推し』なのでございます。

本日も大変麗しゅう。三つ編みハーフアップがここまでお似合いになる方も珍しいかと。

見た目と口調が一致するときも熱いですが、ふんわりした外見にギャル口調もまた激アツでございます。

「悪いけどこれ、傷まないように洗濯してもらえる? できるかぎり長く使いたいんだよね」

とおっしゃりながら差し出されたのは白と黒の——、

「――ハンカチ、でございますか」

「お願いできる？」

「全身全霊、メイドの全てを尽くします」

「いや、そこまではしなくてもいいけど」

呆れた表情を浮かべるお嬢さま。ちょっと嫌そうなところが良いのです。

お嬢さまの所有品を完全に記憶しているわたくしは気づきました。

これは初見のハンカチでございます。

物欲が薄く、モノに執着をしないお嬢さまが新しいハンカチを大切にしたい、と。

匂います。

「……もしや贈り物でございますか」

「えっ？　あー、うん。そんな感じ」

「最近電車でお話しされるようになった方からでは？」

ギクッと聞こえてきそうなほど肩を上下させる結衣様。おや、図星でございますか。

公の場では弱みを見せないお嬢さまですが、プライベートでは感情が表に出やすいことは使用人たちにとって常識でございます。

「お言葉ながら、善良な庶民をからかうのはおやめになった方がよろしいかと」

わたくしは心を鬼にし、戒めます。

調査した情報と行動を照らし合わせますと、おそらく結衣様は平凡な男子生徒を弄ってストレスを発散していると推定されます。

それも令嬢とギャルを使い分ける徹底ぶり。

不満の吐け口ならわたくしがお相手しますのに。いくらでも罵ってくださいませ。

お嬢さまから向けられる冷たい視線と侮蔑。

興奮してしまい——ごほん。失礼。閑話休題。

本来であれば推しの全てを肯定したいところでございますが、生憎、わたくしの本業は使用人でございます。

たとえ憎まれようとも、職務を全うせねばなりません。

もちろん褒められない趣味に走る気持ちもわからなくはないのです。

表川グループの令嬢として生活をしなければいけない重圧は想像を絶するはず。積もるストレスも相当のものでしょう。

ちょっとした息抜きをしたいと思っても無理はございません。

ですが、性格が良さそうな男子生徒を弄って発散というのは……どうしても看過できず。

何かあってからでは遅過ぎるのです。

「しっ、仕方ないじゃん。かゆいところに手が届く反応をしてくれるんだから」

おや？　どうして視線を逸らされたので？

おかしいですね。もっとこう、非行がバレたときのような反応──「あんたには関係ないじゃん」──みたいなものが返ってくるかと思っておりましたが。

なぜ照れておられるのでしょうか。

「お嬢さまが飽きられたとき、いまは行儀が良い彼も本気になっている可能性もございます。少なくとも贈り物をするまで進展しているご様子。最悪の場合、逆上することも──」

「──オタクくんはそんな人じゃないから」

おっと虎の尾を踏みました。いつもより二トーンほど低い声。

今度は逆に見据えてきます。

照れから反転。静かな怒り。状況から考えるに話相手を悪く言われて腹がたったといったところでしょうか。

んんんんんんん？

「もちろんお嬢さまの他人を見る目は信用しております。ですが、男と女という生き物はときに過ちを──」

「ちょっ、男と女とか変なこといわないでよ！　恋愛とか、ほんと、そういうんじゃないから！」

おやおやおや？　ちょっと嬉しそうに見えるのはわたくしの勘違いでしょうか。

ずいぶんコロコロと感情が移り変わって……まるで山の天気を相手にしているようでございます。

長年使用人をやってきたわたくしが初めて見る顔のお嬢さま。

……なるほど。これはどうやら面白いことになっていますね。

純粋な男子を弄ぶような悪趣味であれば、たとえ憎まれようとも止めさせるつもりでしたが……杞憂でございました。

メイドは激務ですから、楽しみに飢えた者も多く。

お嬢さまの世話が生きがいであるわたくしとて例外ではありません。ちょっとした刺激を欲してしまうのです。

考えてみればお嬢さまが積極的に異性と接触するようなことは今回が初めて。心境の変化に興味津々でございます。

自ら絡みに行きたくなるほど馬が合うということでしょうか。

いずれにせよ、お嬢さまが入れ込み始めていることは事実。

リスクがある非行ではなく、健全な親交であれば応援したくなるのがファンというもの。

最高のエンタメを見つけたなどと、決して思ってはおりませんよ？

「では、本日はどのようなお話をされたので？」

「それが聞いてよメイドちゃん。オタクくんときたらさ――」

――長い！　長いですお嬢さま！　わたくし、まだまだやらねばならない業務が！


あっという間に一時間が経過。

電車で知り合った男子生徒はサブカルチャーに傾倒しているオタクさんとのこと。

お行儀が良いだけでなく、欲しい反応を示し、些細(ささい)な楽しみを提供する彼にはたしかに好感が持てます。

どうやらお嬢さまもすっかりハマっておられる様子。

色恋云々は置いておくとして、友人と呼べるだけの関係は構築できていそうです。

オタクさんの話になるとお嬢さまは流暢(りゅうちょう)になります。

彼との馴れ初め(なそ)（あえてそう表現させていただきます）から始まり、これまでどう過ごしてきたのかなどを事細かく話します。

女にとっての会話は情報の伝達が目的ではございません。話すことで気持ち良くなることが本当の目的なのです。

いまのお嬢さまはそれを見事に体現しておりました。

「よく考えたら女の子にゲームって……短絡すぎじゃない？」

疑問系。これはどちらでしょうか。求められているのはやはり同意。

否、お嬢さまマイスターであるわたくしの勘が告げています。これは同意に見せかけた罠！

「たしかに安直ではございますが、それもお嬢さまに楽しんでいただきたい一心からでございましょう。汲み取ってあげるのもまたいい女かと存じますが」

「あー、うん。やっぱメイドちゃんもそう思う？」

指に毛先をくるくる絡ませる結衣様。その表情は誰がどう見てもまんざらでもなさげでございます。

かっ、可愛い――――！　大変愛くるしゅうございます!!

パシャパシャとメイドの全技術を総動員して隠し撮りします。

「女の子との接し方はまだまだなんだけど、必死なところは見ていて悪い気はしないし……わたしも鬼じゃないからさ。頑張ってたら労ってあげたいじゃん？」

激甘！　激甘ではありませんか!?

目の色が幼い息子を見つめる母のようになっておられます。

もしかして女慣れしていないオタクさんのお嬢さまに対する懸命な姿に母性を刺激されてお

られるのでは？

　お嬢さまは決して認めたがらないとは存じますが、オタクに優しいギャルになっておいでですよ！

　実在しないと思っておりましたが、よもや目の前に出現するとは！　夢にも思っておりませんでした。

　わたくしの返答は正解だったようでして。お嬢さまは開いた口がふさがりません。

「とはいえ、初めてだったのにハンデもなくてさー。レディファーストの余裕がないからモテないんだっての」

　会話の内容こそ愚痴ですが、本当の意味で不満があるようにはとても見えません。

　むしろモテないと口にされたときの声音に嬉しさが入り交じっている気さえします。

　異性との初めてのゲームは饒舌になってしまうほど楽しかったですか。

「お察しします」

「オタクくんとの関係って一言で表せないけど、これも何かの縁だと思うんだよね」

「一期一会でございますね」

「ギャルのときは軽口叩けてもさ、表ちゃんにはタジタジなわけ。やっぱり普通に会話ぐらいできる方がいいじゃん？　オタクくんのためにもさ」

　それは結衣様、彼のためと言うより、ご自身のためかと。

オタクさんに会う理屈を無意識ながら探しておられるのでしょう。

ご自身の胸の底に秘められた『会いたい』に気づかれるのもそう遠くはないかと。芽吹く日が楽しみでございます。

ちなみにお嬢さまは令嬢時を表ちゃん、ギャル時を裏ちゃんと名付けておられる様子。

なんともわかりやすいネーミングでございます。それに気が付かないオタクさんの鈍さも一周回って可愛いかと。

「表ちゃんで特訓して、裏ちゃんがフィードバック。教官みたいに指導してあげてもいいかなって思ってるんだけどどう思う？」

胸の内を明かしますと私情を挟みまくりでございます。

おそらくギャルと令嬢、それぞれの関係を気に入っていらっしゃるのでしょう。

本性であるギャル時には友好的に接することができますし、令嬢時には異性として見られていることを認識することができます。

同一人物でありながら寄せられる感情は別人のそれ。

からかう方もからかわれる方も楽しいとくれればこの関係を継続したいのも無理はないでしょう。

むろん褒められたことではございません。ですが、年相応な一面は見ていて悪い気はしません。むしろ「可愛いかよ」でございます。

結衣様が推しのわたくしにとって、この変化は喜ばしく。わたくしもまだまだ見つめていたいのです。

とはいえ、お嬢さまとオタクさんの関係がどこまで続くかは神のみぞ知ること。

恋仲に進展するのか、それとも親友か。はたまた自然消滅か。

もちろん待っている未来が『関係を深める』であれば、いずれ正体を明かさなければいけないときが来ます。

場合によってはそれが色んな意味で終わりをもたらすかもしれません。

ですが、わたくしはたとえどのような結果になろうとも全力で結衣様を応援したく。

いついかなるときも貴女の味方でありたいのです。

言いたいこともありますが、少なくともこの関係を続けたいという気持ちが伝わってくるお嬢さまの背中を押させていただきます。

これから乙女になっていく結衣様を最も近いところで堪能できるかも、とか、甘酸っぱい相談でキュンキュンしたいなんて下心はもちろんございませんのであしからず。でへへ。

「両者にメリットがある良案かと」

「そうだよね⁉　やっぱり持つべきものは話のわかるメイドだよね」

おうふ。そんな満面に笑みを浮かべないでくださいませ。鼻血が出てしまいます。

「きょっ、恐縮でございます」

これからもっと可愛くなっていく予感がします。至近距離で目にしても出血死しないよう気を引き締めなければ。

「一つ、頼まれごとがあるんだけど」

「なんなりとお申し付けください」

「これを持って私の部屋まで来て欲しいんだよね。悪いけど付き合ってくれない？」

スマートフォンを取り出し、わたくしに画面を見せるお嬢さま。

柔らかくて温かい腕が接触します。さらに鼻腔（びこう）が幸せになるいい匂い。

画面にはゲーム機とソフトの画像が映し出されておりました。

話の流れからするに、オタクさんと一緒に遊んだものでしょう。

「参考までにお聞きしますが、まさか――」

結衣（ゆい）様は意地の悪い真っ黒な笑みを浮かべて、

「――表ちゃんで、い、復讐（リベンジ）してあげようかなって。その方が面白くない？」

おもわず全身に鳥肌が立つほどの笑みでございます。

そういえばすっかり失念しておりましたが。
お嬢さまは大の負けず嫌いでございましたね。
南無阿弥陀仏。オタクさんに念仏を唱えたことは言うまでもありません。

【土屋（つちや）文太（ぶんた）】

「ぶえっくしゅん」

ぶるっと悪寒（おかん）がしたと思ったらくしゃみが出た。うう……風邪かな。

まさか影が薄い僕の噂をする人はいないだろうし。

だけどいまは身体の異変に意識を割けるほど余裕がない。

というのも、ゲームしたあの日から一週間、裏川（うらかわ）さんと聖女様の二人と会えなくなっていたからだ。

自己肯定感が低い僕の頭に悪い考えばかりがよぎる。

ゲームが初めての女の子を打ち負かしてしまったのはやはり配慮が足りなかったんじゃないかって。

楽しんでもらうことを優先するならやっぱり勝ってもらうべきだったんだ。

なのに僕ときたら普段通りにプレイして。花を持たせる概念すらなくて。

たぶんこういう余裕のなさがモテない原因なんだろうね。

せっかくサンプル役になることができたのに……あーもう、僕のバカバカバカ！

「……はぁ」

駅のホームで盛大にため息をつく。

ここ一週間彼女たちに会えなくてはっきりと自覚したことがある。それは想像以上に会話を楽しみにしていたことだ。

平凡な男子高校生が女の子二人とお話しできるんだから、楽しくないわけがないんだけど。

そうじゃなくて……なんていうのかな、登下校の車両で過ごす時間が青春っぽいというか。

友達とバカやって、貴重な若い時間を無駄にして。

でも大人になってからその時間がとても大切なものとして刻まれている、みたいな。いやポエマーかよって話なんだけど。

でもどうしてかわからないけど、裏川さんや聖女様と過ごす時間って将来ずっと残るような気がするんだよね。

重たい足取りで通学電車に乗り込む僕。二人に会えないことを認識するのは結構キツかったりするわけで。

いないとわかっていてもついつい探したり。で、絶望したり。

ずっと下を向いていた視線を上げてみる。

どうせ今日も二人には会えない——と思い込んでいた僕の視界に飛び込んで来たのは髪が逆立ちした聖女様だった。

怒髪天⁉　えっ、毛髪が超活性化してるんだけど⁉

何あの全身に漂う闘気！　えっ、怖！

聖女様じゃなくて、聖女さんになってますよ⁉　どこのハンターですか！

両目をこすって再確認。会いたい思いが強すぎていよいよ幻覚を⁉

もちろんそんなわけもなく、幻想だったのは逆立ちしてぐーんと伸びた髪型だけ。

そこには三つ編みハーフアップの聖女様が鎮座していた。

視線が重なり合う。彼女は僕に気がつくと淑女のような笑みを浮かべて隣席を手で叩く。

隣に座ってくださいというジェスチャー。

男子が一度は憧れたことがある女の子のぽんぽん。それが僕に向けられていることに驚きを隠せない。

本当なら泣いて喜ぶ幸運だ。だけどこのときの僕は恐怖に包まれていた。

だって、目が！　目が笑ってない！　淑女のような笑みを浮かべているのに瞳の奥が笑ってないんだけど⁉

異様な雰囲気に包まれる聖女様は圧も凄まじい。有無を言わさぬ佇まいだ。

喰われるとわかっていても接近せずにはいられない吸引力。ひぃっ！

再会できて飛び跳ねるほど嬉しいはずなのに、この恐怖は一体――。

言われるがまま（隣に座れという圧のことね）彼女の隣に座る。

いまの僕に癒しを堪能する余裕はもちろんない。

「ここで会ったが百年目――おはようございます」

「挨拶がてら運の尽きを示唆された⁉」

「ふふ。冗談です」

色々と言いたいことはあるものの、楽しそうな笑みを浮かべる聖女様を見て一安心。

事件や事故に巻き込まれていなくて本当に良かった。

「……お久しぶりです聖女様。元気そうで安心しました」

「と言いますと？」

「しばらくお目にかかることができませんでしたから」

「もしかして心配してくださっていたのですか？」

ずずいっと、その整った容姿を近づけてくる。

近い！　近いですって！　距離感バグってませんか⁉

聖女様にとって僕は彼女の親友が抜擢したサンプルなわけで。

異性として意識していないからこそ、ここまで詰めることができるわけだ。

裏川さんの苦労が思い知らされる。

異性にもこの距離感となると人選も慎重になるはずだ。

そういう意味では悪くない人選ですよ、と言ってしまいそうになる。いや、自惚れかよって話だけど。

だけどこちとら絶対勘違いしないマンですから！

真っ直ぐ向けられる瞳に耐えられなかった僕は視線を逸らしながら言う。

「し、心配しますよ！　会えなくなってから一週間ですよ？」

「その割には会えなかった理由を確認する様子がありませんが」

うっ、鋭い。さすがはご令嬢。観察眼はきちんと機能していらっしゃる。

というのも、裏川さんと聖女様に再会することができたら、僕は突然姿を消した事情を求めないつもりだった。

庶民サンプル役に指名されたからって、なんでも聞きたがるのは違うかなって。

キミのことは何でも知っておきたいんだ、誰よりも知っているんだって、ストーカー思考じゃない？

やっぱり距離感が大事だと思う。鬱陶しがられたら、せっかくの幸運をドブに捨てることになっちゃうしさ。

何より——、

「こうして無事に聖女様に再会できたわけですし、それだけで満足と言いますか」

「理由は気にならないと？」

「いえ、気にはなっていますけど……」

「けど？」

「たぶん裏川さんが絡んでますよね？」

「……ええ、まあ」

「だったら確認するまでもないです」

「えっ、どうしてですか？」

「だって意地悪をする人じゃありませんし、わざわざ説明を求めなくてもいいかなって」

チラっと視線を聖女様に向けるとなぜか頰を強めに捻っていた。

えっ、何してるんです⁉

「一つ、お聞きしてもいいですか？」

「あっ、はい。僕で答えられることなら」

「再会が嬉しいのって私ですか？　それとも裏ちゃんですか？」

「――へっ？」

何を問われたのかわからず素っ頓狂な声を漏らしてしまう。

なんだろうこの感じ。ちょっぴり不機嫌というか拗ねているというか。

えっ、えーと。とにかく状況を整理しよう。

一週間ぶりに再会し、僕はお二人に会えず心配していましたよ、と。

本来なら事情を確認するところ、裏川さんの決めたことなら大丈夫と信頼。

それを聖女様に告げるや否や、現在に至る。

うん？　どこに機嫌を損ねる要素が――、

「もしかしてオタクさんって裏ちゃんに会いたいがために私のファンを自称されてませんか？」

んんんんんんん？　えっ、まさか若干拗ねていたのは、裏川さんへの信頼が厚いことに対

してですか⁉

これはひょっとすると嫉妬じゃ——⁉

いや、落ち着け！　間違っても僕に対してじゃない！

おそらく聖女様が不機嫌になっているのはこれまでずっと一緒だった裏川さんが僕に構い出したからだ。

つまり、聖女様視点だと「裏ちゃんが土屋文太に取られそう」ってこと⁉

——ゆる百合！　まさかのゆる百合ですか！

たっ、たしかに裏川さんって男の僕でもかっこいいと思うこともありますし、花よ蝶よと育てられてきた聖女様がトキめいても無理はないような……。

とにかく僕は聖女様に癒されてきた信者だって訴えなきゃ！

このままじゃ裏川さんと聖女様、二人の間に挟まる間男になってしまう！

「もちろん聖女様と再会できてめちゃくちゃ嬉しいですよ⁉」

「そうは見えません」

「ええっ⁉」

「オタクさんなのに息が荒くなっていませんでしたし」

「嬉しさを計るものさしが偏見すぎる！」

「ほら、冷静にツッコまれているじゃないですか。本当に再会できて嬉しいんですか？」

ジトぉと疑り深い目を向けてくる聖女様。

女の子から「会えて嬉しい？」なんてご褒美以外の何ものでもないのに、この重圧は一体

──!?

ここは外せない場面だ。二人の関係をクラッシュするつもりはないことを宣言しなければ！

見ていてください聖女様！　僕の迫真の──、

「はぁ…はぁ」

「息が荒いですよ。大丈夫ですか？」

「えーと、貴女に会えた嬉しさを表現してみました……」

「変わった表現方法ですね」

「ええっ!?」

まさかの天然系ですか。オタクの嬉しさを計るものさしはいずこへ？

「ごほん。もう一度お聞きしますね。私に会いたかったですか？」

「もちろんです！」

ここは即答。すごいことを言わされているような気もするけれど、間男にされるよりは全然

良い！

そもそも僕は半年間、聖女様に癒されてきた身。嬉しくないわけがない。

「では、私か裏ちゃん、どちらか一方しか会えないなら、どちらを選びますか？」

「……どちらか」

真剣な表情の聖女様。彼女の事情から察するにここは前者を選択する場面だと思う。

——けれど。

「オタクくんさー」

瞼を閉じればすぐに思い浮かべることができる裏川さんと過ごした記憶。

少し前までなら聖女様を一目見るだけで満足だったのに……こうして胸の奥に潜む感情と向き合うと人間って欲深い生き物だと痛感してしまう。

地味ヅラのモブのくせにさ。

「申し訳ないですけど、選べません」

「それは——」

「——わかっています。卑怯だと思っていただいて構いません。でも、本当に選べないんです。僕は、その、お二人を大切にしたいので」

ああ、終わったぁ〜〜〜！　どうしてここで「貴女です」と即答できないかな⁉

誰がどう考えてもダメでしょこれは！

ヘタレな上に、裏川さんとも会いたいクラッシャー発言。

聖女様には癒されたい。裏川さんにはからかってもらいたい、と。

許されざる禁忌回答！　恋愛感情は誓ってないけれど、二股感がすごい。

聖女様は分け隔てなく物腰柔らかくて清楚なお嬢さま。

裏川さんはフレンドリーでからかい上手のギャル。

う〜ん、捨てがたい！　みたいな発言に取られてもおかしくないわけで。

優柔不断、ヘタレここに極まれりだ。

庶民サンプルにおける生殺与奪の権を握っているのは聖女様もしかり。

このあと、「オタクさんはちょっと……」と裏川さんに抗議される映像がありありと浮かぶ。

泣いてしまいそうになるところを必死にこらえて聖女様の反応を窺う。

正直もう怖いもの見たさだ。ホラー映画がこの世から消えて無くならない理由がここにある。

ああ、きっと静かな怒りを纏って——（チラ見）、

「にゃっはー」

にゃっはー？ ええっ⁉ 耳がバグった⁉ いやでもたしかにそう聞こえたような……。

もっ、もしかして何かの隠語ですか⁉

「まったくもう。オタクさんときたらまったくもう。ダメダメです。ダメ人間です」

照れと笑みが入り交じったような表情。その視覚情報によれば、まんざらでもなさげに見える。

けれど聴覚情報は言うまでもなく罵倒。

こっ、これはどっちだ⁉ 感情が読み取れない！

「えーと、僕はその、無罪を勝ち取ったと思っていいんでしょうか？」

「ふふっ、有罪（ギルティ）に決まっているじゃないですか」

「ですよね！」

考えてみれば当然の反応だよね。女の子の問いに「選べません」なんだから。

「ですが私は聖女様。迷える子羊を導くことが務めです。見捨てたりしません」

「本当ですか……！」

外見だけじゃなく中身まで聖女様とは。僕のような特徴のない男子も相手にしてくれるなんて！ 道理で異性から好意を寄せられるはずだ。

「たっ、たとえオタクさんが前科七犯でも受け入れてみせます」

「めちゃくちゃやらかしてるじゃないですか⁉」

「悪質なのはオタクさんの方ですよ。鈍すぎです。唐変木ですか……はぁ」

盛大なため息。呆れられていることは間違いないのに、なぜだろう。ちょっと嬉しいと感じている自分がいる。

座席からチラ見していただけではわからない聖女様の一面をこうして見られたからかな。役得ってたぶん、こういうことを言うんじゃない？

「そういえばお聞きしましたよ」

思い出したように言う聖女様。もはやこの時点で嫌な予感しかしない。

「えーと、誰から何をでしょうか……？」

「裏ちゃんとゲームをしたそうですね」

「ええと……はい。しました」

「私だってしたことがなかったんですよ！　ずるいです！」

またしても聖女様が身を乗り出してきた。

あぶなっ！　ちょっ、いきなり身体を近づけないでくださいって！

接触して心臓麻痺になったらどうするんですか——僕が！

裏ちゃんとの初めてをどこの馬の骨ともわからないオタクが奪いやがったという嫉妬と怒り

を感じる。

考えてみればこの車両に乗車したとき、聖女様は怒髪天になっていた。

きっと僕が二人の初めてを先に奪ってしまったからだ。

「今後、そういったことを提案される場合は先に聞かせていただけますか」

「善処します」

ようやく確信した。聖女様は異性との距離感を測れないんじゃなくて、測る必要がないんだ。なぜなら異性を異性として意識していないから！

「過ぎてしまったことは仕方がありません。今回は目をつぶります。その代わり私ともゲームをしていただけますか？」

「それはもちろん喜んで――あっ！」

「どうされました？」

「すみません。再会できるとは思ってなくて、その、ゲームを持って来てなくて……」

くっ……！　相変わらず用意が悪い。

落ち込む僕をよそに聖女様はなぜか勝気な表情だ。

ふふんと鼻を鳴らすと、

「安心してください。私のカバンに入ってます！」

「裏ちゃんから手渡されました。これが男の子の好きなモノだからオタクさんに教えてもらえって」

「なぜに⁉」

「あー、そういうことでしたか。わかりました。やりましょう」

あいかわらずのナイスアシスト。さすが裏川さん。

男子生徒の生態を知る上でゲームは欠かせない。コミュニケーションツールとしても優秀だ。

裏川さんも夢中になっていたし、きっと聖女様にも楽しんでもらえるはず。

「……ただ対戦するというのも味気ありませんし、勝者は敗者に一つだけ何でも命令できる、というのはどうでしょうか？」

「ぶふっ⁉」

思わず噴き出してしまう。

聖女様といい裏川さんといい、どうして何かを賭けたくなるんだろう。

ただゲームをして過ごすだけでも十分楽しいと思うんだけど。

「あっ、もちろん不純異性交遊はダメですよ？」

「当然ですよ！」

「私が勝ったら犬――ふふっ、楽しみです」

犬⁉　いま犬って言いませんでした⁉　あの、もしかして聖女様っておちゃめだったりするんでしょうか⁉

「えーと……ゲームのご経験は？」

「ありませんよ？」

「ええっ⁉　それで命令権を賭けた対戦をするつもりなんですか⁉」

「はい」

すごいな。全身からビシビシ自信が伝わってくる。初体験にもかかわらず僕に勝つ気満々だ。

「オタクさんはしたくないんですか？　私とゲーム」

「めちゃくちゃしたいです！」

有無を言わさぬ圧がすごい……。

まあ、無茶な命令をするつもりは毛頭ないわけで。いつも癒してもらっているお礼に少しでも楽しんでもらえれば御の字かな。

ぐらいの軽ーい気持ちで対戦した僕に待っていたのは――、

「ふふっ。一位になっちゃいました。オタクさんも本気になってもいいんですよ。また周回遅れじゃないですか」

——まさかのフルボッコだった。画面には一方的に蹂躙(じゅうりん)される映像が映し出されていた。

強っっっっっっっっよ！

めちゃくちゃつよつよじゃないですか⁉

やば‼ プロゲーマー顔負けのドラテク！ なにより甲羅を僕に的中させるとき並々ならぬ執念を感じましたけど⁉

なんですかあのねちっこい操作！

「というわけで携帯を出していただけますか？」

「ええ⁉」

「勝者は敗者に一つだけ命令できる。忘れたとは言わせませんよ」

しぶしぶ携帯を差し出すと、パシッと取り上げられてしまう。

僕の携帯をタタタッと操作して「どうぞ」と返却してくる聖女様。

きっ、機敏すぎる。

「えーと……？」

「私の連絡先を入れておきました。今後、裏ちゃんと会った日はどんな会話をしたか報告してもらえますか？」

僕はその笑顔を生涯忘れることがないと思う。

イタズラに成功した、満足気な表情とは裏腹に込められた真意は何か。

うん、間違いない。監視だ。

「これ以上裏ちゃんとの初めてを奪わせねえからな」という宣戦布告をされた。

「ふふっ。これからもよろしくお願いしますね」

四露死苦に聞こえたのは僕だけですか。そうですか。

ちなみに連絡先の登録名は【オタクさんの聖女様】だった。

悪魔すぎる……！

【表川結衣】

やられたらやり返す！　裏返しだ！

そんな内心でオタクくんが乗車してくるのを待っていた。

メイドちゃんに付き合ってもらったおかげでカーレース（ゲーム）はめきめき上達。

嫌味っぽく聞こえるだろうけど昔から要領を掴むの得意なんだよね。

まっ、練習に精を出し過ぎて一週間も経っちゃったわけだけど。

おかげで私のオタクくん分はカツカツ。補充が必要になっていた。

揶揄いたい。応酬がしたい。

気がつけば会うのがちょっと楽しみな自分がいたりするわけで。

あっ、来た！　久しぶりだねオタクくん♪

「ここで会ったが百年目——おはようございます」

「挨拶がてら運の尽きを示唆された⁉」

「ふふ。冗談です」

「……お久しぶりです聖女様。元気そうで安心しました」

「と言いますと？」

「しばらくお目にかかることができませんでしたから」

「もしかして心配してくださっていたのですか？」

さすがに連絡もなく一週間も姿を現さなかったのはマズかったかな？

どうやらオタクくんは私の安否を心配してくれていた様子。ふっ、愛い奴め。

「し、心配しますよ！　会えなくなってから一週間ですよ？」

「その割には会えなかった理由を確認する様子がありませんが」

てっきり会えなかった理由を根掘り葉掘り聞かれると思ってたんだけど。

再会後のお行儀の良さには若干の物足りなさを感じていた。

いや、だって一週間！　七日間も姿を消してたんだよ？　もうちょっと食いつかない普通？

「こうして無事に聖女様に再会できたわけですし、それだけで満足と言いますか」

「理由は気にならないと？」

「いえ、気にはなっていますけど……」

「けど？」

「たぶん裏川さんが絡んでますよね？」

「……ええ、まあ」

「だったら確認するまでもないです」

「えっ、どうしてですか？」

「だって意地悪をする人じゃありませんし、わざわざ説明を求めなくてもいいかなって」

──はい、いただきましたナチュラル女たらし！

悪いわー。めちゃくちゃ悪いわー。ほんっと悪質だと思うんだよね。

こっちは表ちゃんで復讐してやろうとか企んでるのに。なにその信頼感。無自覚に口説くのやめてくんない？

くすぐったいんだよね、それ。

ニヤけそうになるのを私は頬をつねることで阻止。痛覚で難を逃れる。

というか、

「再会が嬉しいのって私ですか？　それとも裏ちゃんですか？」

「──へっ？」

前から気になってたんだけど……ちょっと裏ちゃんに靡き過ぎじゃない？

そっちが本性だし、嬉しいは嬉しいんだけど……だからといって表ちゃんが邪険にされるのはモヤるというか。

新しい女が現れたら、すぐ目移りしちゃうんだー、みたいな？

いや、両方とも私なわけだし、厳密には違うんだけどさ。

でも嫌なものは嫌というか。

「もしかしてオタクさんって裏ちゃんに会いたいがために私のファンを自称されてませんか？」

「もちろん聖女様と再会できてめちゃくちゃ嬉しいですよ⁉」

「そうは見えません」

「ええっ⁉」

「では、私か裏ちゃん、どちらか一方しか会えないなら、どちらを選びますか？」

「……どちらか」

瞼を閉じて考え込むオタクくん。

我ながら容赦ないよね。でも気になるんだから仕方ないじゃん。

「申し訳ないですけど、選べません」

「それは――」

さすがに卑怯でしょ。

半年間も片想い（あえてこの表現を使わせてもらったけど）していた表ちゃんを差し置いて同列って――、

「――わかっています。卑怯だと思っていただいて構いません、でも、本当に選べないんです。

僕は、その、お二人を大切にしたいので」

うっわ、言っちゃった！　色男みたいなことしれっと言ってんじゃん！

うわー、うわー！　しかもまた憎い言葉選びしてんな。

大切なのでじゃなくて大切にしたいと来ましたか。

一見、同じなのに、全然意味が違うんだよね。

前者だとやっぱり、ぽッと出のギャル——都合の良い女に目移りしているというかさ。先に想っていた女の子の存在感薄くなってるでしょ？

だけど後者だと、出会った順とか、同等かどうかは有耶無耶にしながらも、想いは過去・現在・未来に込められているというか。

これまでのことが大切だからこそ、現在も気軽なことを言えないし、これからも付き合いたい意思が見え隠れしているわけで。

ぶっちゃけヘタレだとは思うんだけど、こんなの聞かされたらさ、

「にゃっはー」

あー、もうほら変な声漏れちゃった。

完全無欠の表ちゃんがしない笑い方しちゃったじゃん！

「まったくもう。オタクさんときたらまったくもう。ダメダメです。ダメ人間です」

ホストみたいなこと無自覚に言っちゃって。

「えーと、僕はその、無罪を勝ち取ったと思っていいんでしょうか？」

「ふふっ、有罪に決まっているじゃないですか」

「ですよね！」

でも、現在の私は表ちゃんだし？　オタクくんがどうしても会いたかった聖女様だし？　見捨てるのは可哀想だから構ってあげる。

「ですが私は聖女様。迷える子羊を導くことが務めです。見捨てたりしません」

「本当ですか……！」

「たっ、たとえオタクさんが前科七犯でも受け入れてみせます」

「めちゃくちゃやらかしてるじゃないですか⁉」

って、言ったそばからほら。全く身に覚えがないような抗議するじゃん。

「悪質なのはオタクさんの方ですよ。鈍すぎです。唐変木ですか……はぁ」

まあ、鈍感なところが彼の愛すべき短所でもあるんだけど。

モヤモヤも解消したし、本日のメインイベント行っちゃいますか。

裏ちゃんのときはよくもゲーム処女の私を弄んでくれましたな。

おかげでこっちは一週間も特訓するハメになったんだから。

メイドちゃんなんて最後、

「この部屋から出してくださいませお嬢さま！」

って、発狂してたんだよ？

失敬な！　ちょっと十二時間ぐらい付き合ってもらっただけじゃん。

今日は思う存分、意趣返しさせてもらうからね！

「すみません。再会できるとは思ってなくて、その、ゲームを持って来てなくて……」

「安心してください。私のカバンに入ってます！」

「なぜに⁉」

ボコボコにするために決まってんじゃん！

一週間会えなくて気がついたんだけど、連絡手段が車両で会うだけって不便だよね。

心配かけちゃうのはやっぱり思うとこあるし。

というわけで、

「……ただ対戦するというのも味気ありませんし、勝者は敗者に一つだけ何でも命令できる、というのはどうでしょうか？」

「ぶふっ⁉」

勝者の命令権を提案すると、案の定、噴き出すオタクくん。何を企んでいるのかって？　それはやってからのお楽しみかな。

「オタクさんはしたくないんですか？　私とゲーム」

「めちゃくちゃしたいです！」

言ったな？　言質は取ったから！

カーレースの結果はもちろん――ＹＯＵ　ＷＩＮ！

表(おもて)ちゃんしか勝たん映像が画面に表示される。

「ふふっ。一位になっちゃいました。オタクさんも本気になってもいいんですよ。また周回遅れじゃないですか」

にしし……相手が悪かったね。してやったり！

「というわけで携帯を出していただけますか？」

「ええ⁉」

「勝者は敗者に一つだけ命令できる。忘れたとは言わせませんよ」

しぶしぶ差し出された携帯を取り上げる。復讐(リベンジ)を果たしスッキリした私とは違い、オタクくんは手も足も出ず、一方的に蹂躙されたわけじゃん？

ちょっと可愛そうかなって。だからまあ、大ファンである表ちゃんの——聖女様の連絡先を教えてあげようと思って。出血大サービス！

いや、今回みたいに突発的に用事が入ったら会えないでしょ？

しかも事情もわからず待ちぼうけを食らわせるわけで。

オタクくんに忠犬みたいな真似させるのも気が引けるというか。

別に登下校以外——寝る前にも連絡できたらいいな——とか思ってないから！

「えーと……？」

「私の連絡先を入れておきました。今後、裏ちゃんと会った日はどんな会話をしたか報告してもらえますか？」


それにしても……連絡先に登録されているのが妹さんとご両親だけって、オタクくんマジのぼっちだったんだ。

見ちゃいけないものを見てしまった気分なんですけど。

こういう不意打ちも彼らしいよね本当。

不謹慎だろうけど、初めての家族以外の登録が表ちゃんってちょっと嬉しいかも、なんて。

えーと、登録名は表川——じゃ面白くないし、【オタクさんの聖女様】でいいよねオタクくん？
返信は三秒以内でよろしく！
既読スルーしたらマジで許さないから！

第七話

【土屋文太】

「うーん……う～……ん」

夕食を食べ終えた僕はリビングで頭を悩ませていた。

スマホと睨めっこを始めてからかれこれ二時間。メッセージを打ち込んでは消しての繰り返し。

なにせ送信先は――、

【オタクさんの聖女様】

うわっ、眩しい！　文字が、文字がキラキラ輝いて見える……！

ＳＳＳ級感がハンパじゃないよ！

初めての連絡先交換が聖女様なんて、一体誰が想像できるのさ!?

連絡先なんてご褒美以外の何ものでもないんだけど……なぜだろう重圧がすごい。

五億円入ったカバンを持たされている気分だ。いや、持ったことはないんだけど。

裏ちゃん一筋の聖女様にとって僕との連絡は単なる情報伝達――僕が裏川さんと何を話したかを把握――に過ぎないわけで。

下手に連絡することは避けるべきだと思っている。

とはいえ――、

「ここで連絡しないってのもどうなんだろうか……」


僕は聖女様のファン。だけど裏川さんと駄弁る時間も大切になっていて。

嗅覚が鋭い聖女様はその事実をいち早く察知、僕を牽制してきたことは記憶に新しい。

あの日は「裏ちゃんと親しくなり過ぎないように。だってオタクさんは私のファンですよね？　うふふ」と語っていた。

思い出しただけでも身震いする警告だ。

早い話、僕に求められているのはファンであることの証明。

貴女しか目に入っていませんよ、と。

だからこそ、この状況下における最善は聖女様に『連絡する』だと思われる。

だって『推し』の連絡先を入手しておきながら連絡しないってどう？

疑心暗鬼にならない？

ファンだなんだの言っておきながら、やっぱり裏ちゃんが目当てだったんですね、って勘違いしないかな。

そうなれば庶民サンプル役は解任。

それは是が非でも避けたい――!!

そもそも僕が聖女様ファンであることは紛れもない事実！

そこを疑われているのはぶっちゃけ心外でもあるわけで！

遠目から眺めるだけでも至福なのに、現在では隣席にお邪魔させてもらえるんだよ⁉

……よし！　方針は固まった。送る！　送ってやる！　勇気だ。勇気を出せ土屋文太。

紳士オタク――お行儀の良い聖女様ファンであることを証明し、これからも二人と楽しい通学を続けるんだ！

メッセージ送信なんて大したこと――、

『貴女をずっと見てました。これ以上ない幸せな日々です。でも、現在はそれだけじゃ満足できない。視界の端に映すだけじゃ、もうこの気持ちを抑えられないんだ！　だからこれからは隣で見守らせてください』

――あかん!!!!!!!!!!!!

これ絶対アカンやつ!!　マジで通報される五秒前！

本心ではあるんだけど、言葉にした途端、危ないにおいがプンプン漂ってくる！

嘘でしょ!?　これ本当に僕が打ち込んだメッセージなの!?

記憶がない間にヤバい人になってない？

想像以上にゾッとするんだけど！　どうしてこうなった!?

もちろん消去だ。いくらファンであることの証明とはいえ、これじゃ危ないヤツ(ストーカー)！

落ち着け。深呼吸だ。すーはー。

もっと軽い感じで打ち直せば――、

こういうのはスパッとシンプルに、

『貴女のことが好きです。これからも僕の目の届くところに居てください』

おおぉぉぉい！　なにしてんのぉぉぉぉ⁉

複雑な三角関係に発展したらどうするつもりだよ⁉

「あ痛っ……！」

あまりの出来の悪さに突っ伏してしまう僕。ゴンッとテーブルに顔が衝突する。

おでこに広がる痛みが現実だと訴えかけていた。

まさかマトモなメッセージ一つ送信できないほど拗らせているとは思わなかったよ。

コミュ障ここに極まれり。

自己評価を三段階ほど下方修正した方がいいかもしれない。

よもやよもやだ。穴があったら入りたい、いや、埋まりたい。

「さっきから独り言ばかり。見ていられない」

突っ伏したタイミングでリビングにやってきたのは妹の舞。

ジトっとした視線が胸に刺さる。

どうやら長風呂から上がったらしい。艶のある長い黒髪をタオルで挟むように拭き取っている。

ていうか、それ僕のお気に入り限定Tシャツじゃん！　また勝手に拝借されてる……！

兄の部屋に不法侵入・窃盗。言い逃れはできない。誰がどう見ても酌量の余地はない。

だが、それも家庭内においては許されてしまうのが土屋家だ。

我が家のカースト上位に君臨する我が妹は常に一番風呂。そこに父と兄の威厳はない。

来年、高校受験を控える舞は僕と違って頭脳明晰、運動神経も抜群。

他人を惹きつける魅力——人はそれをカリスマ性と呼ぶ——があり、棘のある言動や冷たさを感じさせる容姿と相まって絶大な支持を恣にしているとかなんとか。

どうやら僕は父の遺伝を色濃く受け継ぎ、舞は母の遺伝が現れたのではないか、というのが父の見解。

……とっ、父さん（同情）。

各方面に被害者を出す悲しい紹介はここまでにしておこう。

僕が悶々としている光景を目撃した妹はドン引きしている様子。

やめてくれ舞。それは僕に効く。

「じっ、実はその、友達ができてさ」

「近所にいた猫？」

「人間だよ！」

「兄さんと友達になれる人なんてこの世に存在するわけがない。今世紀最大の衝撃」

どうやら友達一人できただけで今世紀最大の衝撃を与えてしまったようだった。ワロタ。いや笑えない。

舞は兄がコミュ障であることを当然知っているわけで。

僕の唯一の遊び相手は妹だと言っても過言じゃない。というかただの事実だったりする。

さっきも言ったように兄の威厳などすでに跡形もないし、もちろん頭も上がらない。

「信じてくれないなら放っておいてよ」

「わかった信じる。何を悩んでいたのか教えて欲しい」

若干面倒くさそうに言う舞。

色々と言いたいことはあるものの、こうして興味を示してくれるのはありがたい。

世間じゃ口もきかない兄妹も少なくないわけだし。

「家族以外にメッセージ送るの初めてでさ、何て送ればいいかわからないんだよね」

「『今なにしてる』で十分」

「ダメだよ！」

軽率すぎる発言に急いで立ち上がる僕。

「なぜ？」

「いきなりプライベートの詮索⁉　ハードルが高すぎる！　鬱陶しがられたらどうするのさ！」

「この過剰反応が鬱陶しい」

聖女様はやんごとなき身分であることは間違いない。習い事や社交場に出席していることは十分に想像できる。

場合によっては心理戦を繰り広げている状況だって考えられるわけで。

そんなときに庶民サンプルである僕が『今なにしてる』だって？　正気か！

舞は僕の反応に呆れた様子。とはいえ、侮蔑の色はなかった。

ちょっと変わってるかもしれないけれど、これが土屋兄妹のコミュニケーションだったりするわけで。

思春期という難しい時期を感じさせないこの距離感が僕は案外好きだったりする。

シスコンだと言われたらその通りかもしれないね。まあ、否定するつもりもないんだけど。

「初めてできた友達を大切にしたいんだ。もっと真剣に考えてくれないかな」

「軽く挨拶して手が空いたときに返信が欲しい旨を伝えるのが良い」

「だからダメだって！」

「理解不能。ダメな説明を求める」

「暇がないぐらい多忙かもしれない！」

「神経質にもほどがある」

「じゃあ聞くけど、既読スルーされたらどうするのさ」

「気にしなければいいだけのこと」

「ふんっ。拒否られたことがない舞（まい）は知らないんだよ」

「何を？」

「ブロック機能さ！　空気が読めない友達は国交を断絶される運命にあるんだよ⁉」

消極的な機能の有無については予習済み。村八分（ハブ）されることにおいて先見性を発揮するチカラ——これを他人は消極的（ネガティブ）と言います。

うっ、自分で言っておいて凹む。

「舞（まい）はお兄ちゃんがマインドクラッシュしてもいいの⁉」

「構わない」

「……」（ぶわぁっ）←（涙腺崩壊寸前）

「社会を舐めている。泣いたところで問題は解決しない」

妹が冷たい。

「優しくして！　たった一人の兄なんだから優しくして！」

懇願することしかできない僕に対して舞（まい）は「……そもそも兄さんに友達は不要。連絡相手は私だけで十分」とぶつぶつ。

面倒くさい兄に堪忍袋の緒が切れたらしい。若干不満気な表情を浮かべていた。

でっ、デキの悪い兄でごめんね！

「画期的な解決方法が一つある」

「えっ、なに⁉」

「妹を共犯にすればいい」

計算され尽した角度に首を傾け蠱惑的な笑みを浮かべる舞。

その姿はまさしく堕天使。家族だからこそ男として何一つ心動かされることはないものの、外ではモテるだろうな、と思わずにはいられない仕草。

中学生にしてこの色気。お兄ちゃんは妹が魔性に取り憑かれないか、今から心配だよ！

じわじわと距離を詰めてくる舞。

えっ、なに⁉

雰囲気に当てられた僕は後ずさることしかできない。

きっと蛇に睨まれた蛙はこんな気持ちに違いないよ。食べられちゃう……！

やがてリビングの扉まで追い詰められる僕。

舞はまとわりつくように手を握り、その端整な顔を僕の耳近くまで寄せてきた。

「はうぁっ⁉」

壁ドンされた少女のような反応。

妹ではなく兄が発しているから驚きを隠せないよね。

こういうのって、その、立場が逆だと思うんですけど⁉

「――初めからこうすればよかった」

「舞（まい）⁉」

「怖がる必要はない。地獄に落ちるときは一緒」

まさしく悪魔の囁（ささや）き。

地獄に落ちるって……何する気⁉　一応、兄である僕に何する気⁉

不慣れな迫られ方をされた僕がなす術もなく硬直。

緊張と不安に支配されるがままの僕に待っていたのは――、

「――向こうからの連絡を待てばいい。逆転の発想」

「ちょっ、ええっ⁉」

まさかの思考放棄。

あー言えばこう言う兄と付き合うのがよほど面倒くさかった様子。

まさかの搦手（からめて）ときた。

「というわけで入浴を済ませて欲しい。上がったらコーラとピザ持って私の部屋に集合」

「文面は⁉　あれっ、一緒に考えてくれるんじゃなかったの⁉」

「考えた。却下したのは兄さん。そもそも私は、自分から連絡したことがない。向こうから勝手に来る。なんならそのまま無視（スルー）することも多い」

「おおっと！　妹の人間レベルが高すぎるぞ！」

追いかける側じゃなくて、追いかけられる立場。これが他人を魅了する妹の実力。

メッセージの文言で悩む兄とは雲泥（うんでい）の差（さ）だ。

とはいえ、

「向こうから連絡を待つのって消極的じゃない？　印象が悪化しないかな？」

「いい加減にして欲しい」

おめえがうだうだ文面を悩むからだろうが、という怒りを音付きの眼光で訴えかけてくる。

妹は兄を目で殺すことができる領域に足を踏み入れてしまった様子。ヤクザかな？

「友達と呼べる関係性ならどちらがメッセージを送信しても問題ないはず。少なくとも私は意識しない」

「そっ、そういうもんなんだ……」

「当然。そんな些細なこと気にしている時点で対等な関係とは言えない」

「なるほど。勉強になります」

いつの間にか妹によるセミナーが始まっていた。

「友達ができた自負があるなら無理をする必要はない。その方が私もウザ絡みされずに——じゃない。都合が良い」

「うん、ありがとう。でもできれば本音は隠してもらいたかったな。言い直しも全然意味ないし」

ウザ絡みされたと思ってたんだ……！　兄と妹の絆ってそんなものなの⁉

お兄ちゃんショックで泣きそうなんだけど！

「兄さんには嘘がつけない美少女妹だから」

「面の皮が厚くないかな。兄に嘘がつけない性格をここまで利用できるなんて逆に凄いよ」

「照れる」

「褒めてないよ！　さては僕のことをバカにしてるでしょ！　お風呂から上がったら覚悟しときなよ。今日という今日は兄の偉大さを思い知らせてあげる——スイカでね‼」

——本当に友達ならどちらが先にメッセージを送信したかは気にしない、些細なこと。

そんな説明に納得してしまった僕は妹の指示通り入浴することにした。

湯に浸かりながら妹の言葉を反芻する。

「……う〜ん」

言っていることは間違ってない、と思う。

だけど妙に引っかかっているというか。

喉に魚の骨が刺さっているような心地悪さというか。

このとき見落としがあったとすれば――。

意気地なしの自分を都合の良い主張で誤魔化したこと、僕の言う友達を舞が男だと思い込んでいたこと、その事実を僕が知るよしもないことだ。

勇気を振り絞らなければいけない場面で目を逸らした代償は自分でも信じられない事態へと発展することになる。

【メイド】

ごきげんよう。わたくし表川結衣様のファン一号、メイドでございます。

日課であるお嬢さま観察。近況を申し上げたいと存じます。

最近のお嬢さまはスマホを気にされることが多くなっております。チラチラ、チラチラと。

帰宅されてからの結衣様は心ここにあらずといった感じでしょうか。

高校生であれば、スマホが手放せない光景など珍しくもなんともございません。

ですが、これまで結衣様はこのような素振りなど見せたことはなく。

これがまた貴重な光景なのでございます。

その様子は期待しているようにも見えますし、楽しみにしているようにも映ります。

もちろん緊張や不安も入り交じっているご様子。

これは——匂います。

お嬢さまファンであるわたくしの本能がギンギンに告げております。

オタクさんからの連絡を待っているのではないか、と！

「メイドち——」

ハッ。お嬢さまのわたくしを呼ぶ声が聞こえた気がします。

結衣様の〝気〟を感知、メイド秘技の一つ【瞬間移動】を発動です。

「お呼びでしょうか」

「うわっ、びっくりした！ どこから現れたし⁉」

「どこからともなくでございます」

「いや答えになってないから」

「わたくしを呼ぶ声がしましたので【瞬間移動】をして参りました」

「瞬間移動⁉」

「メイドの嗜みでございます」

「メイドにそんな嗜みないから……」

呆れ顔の結衣様はわたくしを睨みつけられます……良い！ 美少女のジト目良い！

「御用件は？」

「ツッコミたいことは山のようにあるけど……ちょっと相談に乗ってもらえる？」

「もちろんでございます」

「えっと……今から話すことは友達のことだから。他言禁止でお願い」

逡巡したかと思いきや、そのような前置きとは……。

どうやら疑うまでもなく結衣様ご自身のことでございますね！ バレバレでございます。

微笑ましい光景に笑みが溢れてしまいそうです。

「お任せくださいませ」

「なにその訳知り顔。得意げなのがちょっとムカつくんだけど」

わたくしが鼻息をふんっと鳴らしたのがお気に召さなかったのでしょうか。結衣様は唇を尖らせ、額に血管を浮かび上がらせておりました。

怒ったお顔も尊い……！

メイドの秘技【隠し撮り】をパシャパシャしておりますと、

「たっ、たとえばその」

お嬢さま……！　声が、声が裏返っておりますよ！　一歩外に出たときの完璧超人ぶりなど見る影もございません。

ギャップ萌え!!

「憧れている人や推しの連絡先を入手したとするじゃん？」

ギャップ萌え!!

「わたくしがお嬢さまの連絡先を入手したような場合、ということですね」

「舞い上がって秒でメッセ送らない？　嬉しくて即でしょ普通」

これはこれは。頬が紅潮しているのは恥と怒りが入り交じっているからでしょうか。

メイドコレクションが増えますよこれは。

IQ180オーバー、メイド長であるわたくしはその肩書きにかけて脳をフル稼働。

わたくしは結衣様が相談するに至った前後の展開を推測します。

最近のお嬢さまはスマホを肌身離さず所持されておりました。

視線が引き寄せられるように向かう姿は誰がどう見ても注意散漫。

これすなわちオタクさんと連絡先を交換済みということでしょう。

ご親族と使用人しか登録されていなかったあのお嬢さまが……！

……ぐすっ。涙なしでは語れません。ここは是非とも背中を押したい所存。

わたくしはさらに深く思考します。

未だオタクさんから連絡はなく、悶々とさせられている、といった感じでございましょうか。

帰宅後、落ち着きなくスマホを気になさっていたのが何よりの証拠。

結衣様から聞かされるお話ですと、オタクさんが奥手の男子であることは想像に難しくありません。

さらに！

オタクさんはお嬢さまを聖女様とお呼びになるほどの大ファンでございます。

おそらく憧れている人物だからこそメッセージを送信できずにいるのでしょう。

結衣様の不安はもちろんのこと、勇気が出ずに悶々としているオタクさんの気持ちも痛いほどわかります。

なにせわたくしもお嬢さまの愛好家(ファン)でございますから！

「恐縮ながらわたくしの場合ですと」

「うん」

「なかなか送信できず、悶々とすると思われます」

「えっ、なんで⁉　メイドちゃんって私のことめっちゃ好きじゃん！　推しの連絡先を入手したら秒じゃない？」

「気になっているからこそ気を遣うものです。まして嫌われたくない、幻滅されたくない、迷惑をかけたくない……想いが募れば雁字搦(がんじがら)めのようになってもおかしくはございませんよ」

　これは貸しでございますよオタクさん。

　これからも可愛いお嬢さまを見せてもらえることを期待しております。

「想いが……そっ、そういうもんなんだ？」

わたくしの代弁に照れたご様子の結衣(ゆい)様。腕を組み視線を逸らされます。

これまでお嬢さまは表川(おもてかわ)グループの令嬢としての立ち振る舞いを求められておりました。

その努力の結晶が『表(おもて)ちゃん』であることは言うまでもありません。

素の裏ちゃんと友好的な関係を構築できたところがオタクさんがこれまでの人たちと異なる点なのです。

結衣様も取り繕うことなく会話できる友人ができたことを内心喜んでおられるのでしょう。

「そんなに気になるのでしたらお嬢さまが連絡するよう助言されてはいかがでしょうか」

「はぁっ⁉　オタクくんからの連絡を私が待っているみたいじゃん！」

お嬢さま‼‼　ポンコツに！　ポンコツになっておられますよ！

オタクくんと口が滑っておいでです！　ご友人の相談という設定はどちらへ⁉

まさかとは思いますが、彼からの連絡が待ち遠しいことを自覚されておられない⁉

「女の子から連絡したら特訓にならないし、調子乗らせちゃうからダメ！」

もう隠すことさえしなくなりましたね⁉

それも「調子乗らせちゃうからダメ」と来ましたか。

一日中、スマホをチラチラ見ておいてよくそんなことが言えましたね。

わたくしが極度のお嬢さまファンであるからこそどのようなお姿も受け入れられますが、それでも限度というものがございます。

若干面倒くさいその性格をどうにかされる方がよろしいかと。

むろん口が裂けても言えませんが。

「それに……こっちから連絡するにしても何書けばいいか、わからないし」

ですからお嬢さま!!!! ご自身のことを棚に上げる癖がついておいでですよ！

オタクさんはまさしくその状態なのです。

もう少し理解してあげても罰は当たらないかと存じますが。

ですが、恥じらいはexcellent!! きゃわいい！ うちのお嬢さまが世界一可愛い件について。

この姿を見せれば全て解決ですのに！

推しのたまらない言動におもわず飛んでしまいそうになるわたくしは舌を嚙んだあと、

「何を書けばいいかわからない中で文面を考えるのも一興かと」

「でも邪魔したら悪いしさ」

乙女か！

「無理に返信を迫らなければよいのでは？」

「既読スルーはもっとやだ」

だから乙女か！

「添削であればお役に立てると思ったのですが……」

「そもそもメイドちゃんって独り身でしょ。そういう経験って豊富なの？」

お嬢さま!!!!

なんですかその疑り深い目は！　ついに言ってはならないことを口にしてしまいましたね！

こちらが親身に聞き手に徹していると思って……！

メイドは激怒した。必ず、かの邪知暴虐なお嬢さまを除かなければならぬと決意した。

いや、メロスになっている場合ではございません。内心カチンときているわたくしですが、ここで怒りを表すようなことは致しません。

「……っ」

「額の血管裂けそうになってるよメイドちゃん。図星だったんだ。ごめん、ごめんね」

合掌し、上目遣いで謝意を示してくるお嬢さま。そのお姿が大変愛くるしゅうございますのでなんとか自我を取り戻します。

「……次は、ありませんよ」

「本当にごめんね――で、悪いんだけど知恵を貸して欲しいの。他に案とかない？」

計算され尽くした角度に首を傾げるお嬢さま。甘えるような仕草でございます。

いわゆる必殺。目の前には破壊力しかない視覚情報。己が可愛いことを客観視できた者だけが発動できる奥義。

先ほどの怒りなど一瞬で吹き飛んでしまいます。

たとえ妙案がなかろうとも絞り出さなければなりません。

メイドの存在意義を問われる場面。脳みそを振り絞ります。

「……あまり褒められた方法ではございませんが」

「もったいぶらずに早く教えてよ」

「連絡せずにはいられない状況を作り出す、というのは有効かと」

「えっ、そんな裏技ある？」

「たとえばですが――」

「うん、うん」

「――数日間、姿を現さないとか」

わたくしの提案に結衣様は目を見開きます。

まるで青天の霹靂、と言わんばかりのご様子。

「うわ、めっちゃ頭良いじゃんメイドちゃん！　たしかにいきなり会えなくなったら心配になるもんね。前とは違って連絡手段はあるわけだし、良案かも！」

「恐縮でございます」

気を引こうとするわけですから、作戦の是非はありますが、嬉しそうなお嬢さまを見ているとこちらまで幸せな気分です。

ただ、このとき見落としがあったとすれば——オタクさんが想像以上のヘタレであったことでございます。

結論から申し上げますと。

一週間、電車通勤から自家用車に替えた結衣(ゆい)様に待っていたのは『連絡無し』でした。

てっきり落ち込むとばかり思っていたのですが、日に日に怒りを募らせております。

どうやらお嬢さまとオタクさんは友達としてだけでなく師弟に近い関係も併せ持っているようでして。

弟子の不出来に居ても立っても居られないご様子。

お二人の関係は奇妙だと思わずにはいられません。

庶民サンプルであり、友達であり、推して推される関係。そして、師弟。

三つ編みハーフアップを解き、ストレートにしたお嬢さまはメラメラと怒りの炎を燃やしております。

指の関節をポキポキと鳴らし、本性である裏ちゃんモードに変身。

あわわわ……！

「あっちがその気ならこっちも出るとこ出ないとねえ。メイドちゃんもそう思うでしょ？」

ひぃっ！　一見、淑女の笑みを浮かべているように見えますが、瞳の奥が笑っておりません！

もっ、申し訳ございませんお嬢さま、オタクさん。わたくしが安易な提案したばかりにこんなことになってしまい……ですが、我が身可愛さに弁解させていただきますが──。

どっちもどっちでございます！

最終話

【土屋文太】


妹に相談してからというもの、僕の葛藤は続いた。

このままメッセージを待っていいのか、こっちから送るべきじゃないか、だとすれば何を書けばいいのか——。

悶々としても針が止まってくれることはない。無慈悲にも時間だけが過ぎていく。

しかも試練はそれだけじゃなくて。

会えば罪悪感が紛れる、なんて僕の軟弱思考はお見通しなのか、再会できなくなっていた。

聖女様に会えなくなってから今日で一週間が経つ。

正直これは効く。苦悩が増したことは言うまでもないよ。

だって僕はプライベートを詮索しないことで庶民サンプルに選ばれた自負、成功例があるから。

良くも悪くも他人から距離を置いた言動が功を奏して、現在があるわけだ。

だからこそ一歩踏み込むことをどうしても躊躇ってしまう。

安否確認でさえ、この有様だ。

聖女様とお近づきになりたい下心——心配を隠れ蓑に連絡したと思われるんじゃないか、そんなどうしようもない言い訳ばかり。

今になって思い返せば、連絡先を交換してすぐメッセージを送っておくべきだったんだ。

先送りにすればするほど、ヘタレは雪だるま式に膨れ上がり、手に負えないものになっていく。

このまま会えなくなってしまったら——。

脳内によぎる最悪のシナリオ。自然消滅もありえるだけに不安も大きくなっているかと思いきや……僕という人間はどこまでもダメ男らしい。

だって心のどこかで安心してしまっているから。好ましくないこの状況を。

この感情の正体は傷は浅い方がいい、という消極的なもの。

僕にとって聖女様と裏川(うらかわ)さんと過ごす日々は言葉にできないほど楽しくて。

この時間がずっと続けばいいのに、そう願ったことも一度や二度じゃない。

だからこそこの関係が終わってしまう未来を思い浮かべてしまうときがある。

彼女たちとの関係は言うまでもなく期間限定だから。

卒業してから――いや、庶民サンプル役を解任してからも構って欲しい、贔屓(ひいき)にして欲しいなんて甘いとしか言いようがない。

心の奥底、見ないようにしていたドス黒い〝何か〟が囁いてくる。

いつか会えなくなるなら――親しくならない方がいい。

本気になるな、別れが辛くなるぞ、と。

だから憧れであり、推しの連絡先がありながら連絡の一つもできなくなっている。

会えない苦痛に喘(あえ)ぎながらも、このまま会えない方が最後は楽になれるから。

こうして今日も悶々としているうちに学校の最寄り駅に到着する。

両足は鉛になってしまったように言うことを聞かない。下車するだけで一苦労だ。朝の通学とは思えないほど身体が重い。

聖女様や裏川(うらかわ)さんと登下校した頃のあの軽い足取りが嘘のようだ。

足を引きずるようにして駅の改札へ向かう僕。

親交を深める前から別れのことを考えるなんて、消極的(ネガティブ)にもほどがあるよね。道理でこれまで友達ができなかったはずだよ。

我ながらウジウジして情けない。

だからこそ不意に広がった光景を脳が処理するまでに時間がかかった。

逃げ出してしまいたくなるような輝きを放ちながら、その人は改札前に立っていた。

しかも仁王立ち。確固たる意志を感じさせる強い眼差しで誰かを探している様子ときた。

まるで自然消滅は許さない、ケジメをつけろと言われているような気分だ。

やがてその人——裏川(うらかわ)さんと視線が重なる。

メッセージ一つ送信できなかった事実は自分でも思っていた以上に後ろめたさを募らせていたんだと思う。

笑みを浮かべて手を振ってくる彼女にあろうことか背を向けてしまっていた。

苦しい。声が出ない。喉がキュッと締まった感覚。

「はぁ⁉　待ってよ！」

裏川さんの非難めいた声が背後から聞こえてくる。

本当に何をしているんだろう。自分でもわからない。

ただ何かを恐れていることだけは間違いなくて。

無我夢中で引き返す。だけど運動神経の無さに定評のある僕だ。

背後にグングン迫る鬼気から逃がれられるわけもなく。

案の定、すぐに追いつかれてしまう。

「待って、って言ってるじゃん！」

振り向かせようと裏川さんの手が肩に乗せられる。

気がつけば駅構内の時刻表を背に追い詰められた構図になっていた。

往生際悪く視線を彷徨わせていると——バンッと時刻表が叩きつけられる。

壁ドン。

腕で逃げ道をふさがれてしまった僕は否応なしに直視せざるを得なくなったわけで。

裏川さんは時刻表に掌を押しつけたまま頭を下げていた。

恐る恐る確認すると、どうやら息を乱している様子。

一応男子である僕を捕まえるのにそれなりに体力を消費したらしい。

「……はぁ、はぁ」と熱を帯びた息を漏らしたあと、

「どうして逃げたわけ？　納得のいく説明をしてもらおうか」

複数の感情が入り交じった複雑な表情だった。

怒り、不満、不安、疑惑……。

行動の真意が読めず困惑しているのかもしれない。

「合わせる顔がないと思いまして……」

「もしかして表ちゃんに連絡しなかったこと言ってんの？」

「——はい」

観念すると裏川さんは時刻表から手を離し、後ろ髪をわしゃわしゃ。

口をへの字にして次の言葉を選んでいる様子だ。

てっきり怒髪天だと思っていたんだけど……。

正直に言えばこの反応は拍子抜けだった。物足りなさを感じたといってもいい。

だけど同時に自惚れがあったと気付かされたわけで。

そもそも聖女様は僕からの連絡を待っていたんだろうか。彼女が興味があるのは親友(裏川さん)であって土屋文太でないことは明白。

ということは、相手が全く気にしていないことに負い目を感じて、逃げ出したことになる。

だから裏川さんも『どうしたもんか……』と頭を悩ませている、と。

てっきり連絡しなかったことを説教されると思っていたけど、もしかして自意識過剰ですか⁉ それはそれで凹むんだけど！

「とりあえずいくつか聞いていい？」

「はい」

「心配はしてくれた？」

「もちろんです」

「じゃあどうして連絡してあげなかったわけ？ 前回と違って手段はあったわけじゃん？」

逡巡。何と答えるべきか足りない脳みそを振り絞る。

ここで「ヘタレだからです」と答えることは簡単だ。だけどそれはやっぱり問題の先送りにしかならなくて。

本当の理由に向き合わなければいけないときが必ずくる。

そして、追い詰められた今、間違いなくその機会だ。

胸の内を明かすことは正直怖いよ。当然だ。怖くないわけがない。

打ち明けてしまったが最後、受け入れてもらえなかったらこの関係は終わってしまうんだから。

建前で誤魔化すか。今回の件ではっきりと自覚した本音を語るか。先送りか行動か。

二つに一つ。悩みに悩み、出した答えは――、

「――怖く、なったんです」

「怖くなった？」

思っていた返答と違ったのか、僕の本音を聞いた裏川さんは首を傾げていた。

いきなり何を、という心の声が聞こえてきそうだ。

「……裏川さんや聖女様と出会ってから、毎日が楽しいと思えるようになりまして」

「あー、うん。それはどういたしまして」

「だからこそ頭をよぎるときがあるんです。いつまでこの生活を続けられるんだろうって」

「それで？」

「どうせいつか終わってしまうなら親しくならない方がいい、繋がらない方がいいって。だから連絡を躊躇うようになってしまって。もちろん根がヘタレであることは否定しようもないんですけど」

沈黙。本心を告げた僕に待っていたのは沈黙だった。

おそらく数秒のことだと思うんだけど、次の言葉を待っていた僕は、一時間以上にも感じられた。

「……これからキツいこと言うけど覚悟ある？」

僕を見据える裏川(うらかわ)さんの瞳には怒りの色が。

これまでずいぶん優柔不断な姿を見せてしまったけれど、いよいよ愛想(あいそ)を尽かされたに違いない。逆の立場で考えても当然の感情だ。

ああ、今度こそ終わった……。

破綻を覚悟し、瞼を閉じる。

喉がつかえて声が出なくなっている僕が首肯した次の瞬間、

「オタクくんさ、甘えすぎ」

「えっ？」

かけられた言葉は想像の範囲外だった。

てっきり「さようなら」と別れの挨拶をされると思っていた。

だけど、待っていたのは叱責。

愛想を尽かした人物にかける言葉としてはあまりにも優しすぎる言葉だった。

つまり、僕はまだ見捨てられていないということ。想像の埒外としか言いようがない。

「この関係を続けたいならさ、その気持ちをまずは伝えなよ。最低限の努力もしないで理解してもらおうなんて都合良すぎでしょ。ウジウジしているだけなんて、正直――」

裏川さんの言葉が止まる。たぶん本心を告げることを逡巡しているんだろうね。

本人もキツいことを言うつもりだったようだし。

正直に言えば続く言葉を聞きたくないのが本音だ。そりゃそうだよ。誰だって耳が痛くなることは聞きたくないはずだ。

だけど僕は続けて欲しかった。厳しい言葉を投げかけて欲しかった。

少しずつでもいいからこの悩むだけの性格を変えていきたいから。

受け身じゃなくて自分の意思で行動したいから。

なによりこれからも裏川さんと聖女様と会って話したいから。

だから弱さを指摘してもらうのはこれまで背中を押してくれた——応援してくれた裏川さんの口から聞きたくて。

彼女の言葉なら耐え難いことでも立ち直れる信頼があるから。

だから、

「遠慮せず言ってもらえる方が嬉しいです」

その言葉で踏ん切りがついた裏川さんは真剣な表情で告げてきた。

「気持ち悪いよ」

「……っ」

七文字。文字数にするとたったの七文字。たったそれだけの短い言葉なのに衝撃が凄まじい。全身の毛穴が開いて汗が噴き出し、脈が速くなる。早鐘のような心臓がうるさいし、痛い。目の前の光景が歪む。足腰にチカラが入らない。まるでこの世の終わりを宣告されたかのような錯覚。

オタクに優しいギャルなんて現実に存在しないことを身を以て理解する。

いや、嘘。逆だ。目の前にいる彼女こそオタクに優しいギャルに違いない。

本人を前に言いづらいことでもズバッと言い放ち、これまで脇役だった僕が主人公になれるよう背中を押してくれる。

唯一欠点があるとすれば、そのチカラが強すぎることだろうか。

正直効き過ぎるぐらい効く。

「〜〜〜〜〜〜〜〜っ！」

本音の破壊力に悶絶する僕は立ってられず、そのまま駅構内に屈みこんでしまう。

崩れ落ちる、という表現が適切だ。まさに急所を一撃。これは痛い。痛すぎる。

「ちょっ、大丈夫？」

同じように屈んで心配してくれる裏川さん。

こういう優しい一面を傍で見られると、たぶん、というか間違いなく心を鬼にして言ってくれたのだとしみじみ思い知るよね。

なにせ好きの対義語は嫌いではなく、無関心。どうでもいい存在にわざわざ厳しいことを言う必要なんかないわけで。

僕のヘタレっぷりが事実でも面と向かって伝えるのは決して簡単なことじゃなかったはず。感謝以外あろうはずがない。

とはいえ。とはいえ、だ。本音を言っていい？ ぶっちゃけ泣いてしまいそうだよ。

僕の立場になって考えてもみてよ。女の子から直接「気持ち悪い」と言われたんだよ？ こうなるのも仕方なしだって。

だけど、この場で涙を見せることだけはしたくない。これはもう意地だ。男として最後の矜持。

「――裏川さん」

「なに？」

「活を入れていただいてもいいですか？」

顔を上げて裏川さんを見据える。頬を差し出し、強烈な一発を所望する。

無理なお願いをしている自覚はある。当然だ。ビンタをくださいと女の子に伝えているんだから。

「……わかった。それじゃ立ちなよ」

覚悟が伝わったんだと思う。裏川さんは異議を唱えることなく応じてくれた。

立ち上がり、瞼をキツく閉じる僕。これから相応の痛みが頬に炸裂するわけで。不安と恐怖が込み上げてくる。

「いくよ、覚悟はいい？」

「お願いします」

けれどこれは一歩踏み込むために必要な痛み。

気配から頬に衝撃が伝播すると歯を食いしばった次の瞬間、

――バチンッ、と。

強い痛みが額に広がった。

何が起きたのか確認するため、両目を開けるや否や、

「どう？　気合い入った？」

にしし、としてやったり顔の裏川さん。ビンタではなく、まさかのデコピンときた。

本当に、この人は……ははっ、敵わないや——心の底からそう思うよ。

正直ボロボロだけど、おかげで活が入った。裏川さんの代わりに両手で頬を叩く僕。

ジンジンとした痛みが逆に心地好い。

「はい。おかげで目が醒めました。だから先にお礼を言わせてください。ありがとうございます」

本当に僕はどれだけ甘い性格をしているんだろうか。

親しくなりたいと願いながら、傷つきたくないなんて都合が良いにも程がある。

裏川さんの助言は至極真っ当だ。

砕けるなら当たってからにしろ。ウジウジしているだけなんて気持ち悪い。

なるほどその通りだ。反論の余地もない。

「お礼はさすがに早いんじゃない？」

腹が決まったことを肌で感じ取った裏川さんは冗談っぽく笑っていた。

「たしかにまずは行動ですよね。お礼は改めてさせていただきます」

「おっ、やる気じゃん」

「ガッツを入れていただきましたから。今度は僕の番です。それとすみませんでした。こんなところに来させてしまって」

「いいっていいって。可愛い弟子のためだもん。その代わり楽しみにしてるからね。今度は逃げないでよ、オタクくん」

「はい！」

威勢良く答える僕。

裏川さんに激励してもらったとはいえ、不安や恐怖が消えたわけじゃない。

だけど、ここまでのことをしてもらって期待に応えないわけにはいかないよね。

いらない手間をかけさせてしまった僕は通学途中の裏川さんを見送るため、一緒に電車を待つことに。

「「………」」

なんというか、気まずい。一悶着(ひともんちゃく)あっただけに空気が重い気がする。

電車到着のアナウンスが流れ終えるのと同時、裏川(うらかわ)さんの閉ざされていた口が開く。

「あのさ」

「あっ、はい」

「オタクくんを全否定したかったわけじゃないから。そこは勘違いしないでよ」

「えっ？」

「私が注意したかったのは、否定的(ネガティブ)にならず行動して欲しいってこと」

「肝に銘じます」

裏川(うらかわ)さんにしては珍しく歯切れが悪かった。たぶんフォローしようとしてくれているんじゃないかな。根は優しい人だから。

気を遣わせてしまっていることが申し訳ない。

「大切なことだからもう一回言っておくけど、オタクくんのことが気に入らないとか、そういうんじゃなくて。むしろその……」

言い淀んでいる間に電車が到着する。

にもかかわらず、乗り込まず言葉に詰まったままだった。

喉元まで来ているのに言葉が出ない。そんな様子。

「あの裏川さん？　電車が来ましたけど」

「わかってるってば。いま大事なことを言おうとしてるんだから察しなよ。そういうところだからね！」

ビシッと僕に指を差し、文句を言いながら電車に乗り込む裏川さん。

こちらに振り向いて扉が閉じる寸前、その大事なこととやらは囁くように発せられた。

「私はこの関係、結構気に入ってるから」

頬を紅潮させながら蚊の鳴くような声で言った。言ってくれた。

それは遠回しの応援メッセージだった。

この関係を続けたいと思っていたのは僕だけじゃないと言い残し、去って行く。

まさしく不意打ち。卑怯だ。だってこんなのもう僕が勇気を出して聖女様に本心を伝える以外、選択肢がないじゃないか。

逃げ道を完全に塞がれた。尻尾を巻いて逃げるなんてありえない。

聖女様に連絡をするまでは死んでも死にきれない。

まさか勇気を出して本心を伝える手本を目の前で見せつけられるなんて。

あいかわらず裏川さんには敵いそうにない。だけどおかげで覚悟は固まった。

情けないところを曝け出してしまった僕の名誉挽回が始まる。

【表川結衣（おもてかわゆい）】


連絡欲しさに姿を消す私も私だけどさー、今日でもう一週間だよ？

安否確認ぐらいあってもよくない？

いや、わかってる。わかってるの。連絡が欲しいならその気持ちを素直に伝えたらいいことぐらい。だから皆まで言わないで。

メイドちゃんからも内心呆れられてたことは理解しているし。

だけど女の子って面倒くさい生き物でしょ？　私もまさかここまでとは思ってなかったけどさ。


イライラを押し殺してオタクくんの通う学校の最寄駅（もよりえき）へ。

電車を降りるまでは「おしおきだべー」って考えてたんだけど。

いざ降りてみると結構新鮮なんだよね。

ここがオタクくんが毎日通う駅なんだ、とか考えちゃったりして。

見て回っているうちに頭に上っていた血もずいぶん下がっちゃった。

気がつけば我に返っているわけ。

……あーもう、なにしてるんだろ。今世紀最大のやらかしじゃん。

心の奥底、あえて目を逸らしていた欲望をはっきりと自覚する。

これはアレだ。

『連絡してくれなかったことを説教するため』は都合の良い建前で。

本当は会うための口実が隠れていたんだと思う。


そっかそっか。私、オタクくんと一緒に登下校したかったんだ。

まあ、からかっても変な勘違いもしてこないし？

すぐに恋愛に結びつけてこないところもポイント高いし？

気の置けない男友達にはなりつつあるかなー、なんて。

本心を自覚した私は真理にたどり着いてしまう。

うん、間違いない。私たちどっちもどっちだ。

連絡してくれなかったオタクくんに若干の不満は残るものの、わざわざ駅に押しかける私にとやかく言える権利もないわけで。

せっかく久しぶりに会うんだし、説教は控えめにしようっと。

すっかり毒気が抜けてしまった私はどうやって揶揄おうか思案する。

ヘタレでなかなか行動できないオタクくんのことだし、連絡できなかったことにはたぶん思うところがあるはずなんだよね。

なかったら私刑確定だけど。

少なくとも今回のことに平然としている彼は私の知っているオタクくんじゃないわけで。

……よし。名付けて『裏ちゃん怒ってませんでした』ドッキリ。

全貌はこう。

駅のホームで私が堂々と立ち塞がり、見逃さないよう監視の目を光らせます、と。

連絡をできずに悶々としていたオタクくんは説教されると早合点。涙目。

怒ってますよオーラから一転。実は怒ってませんでしたと緩急をつける。

うん、良いんじゃなかろうか。

というわけで作戦開始。改札前で堂々と待っていると対象発見！

あー、やっばい。久々に会うから口の端が吊り上がっちゃうかも。

ニヤけんな、ニヤけんなー私。ここで笑ったら台無し——うん無理。笑っちゃう。

これからまた駄弁ったり、ゲームしたり……楽しい時間になるってわかってるからさ、笑みの一つや二つ漏れても仕方ないって。

オタクくんを見つけた私は気がつけば笑みを浮かべて手を振っていた。

さーて、反応は——って、はぁ!? ちょっと待ってよ! なんで逃げるわけ!?

さすがの私も敵前逃亡(あえてこの表現を使わせてもらうけど)は予想外過ぎるんだけど!

オタクくんの目には不安の色が濃く出ているような気がした。

その原因が自分にもあることは明白なわけで。無我夢中で追いかける。

ここで逃したら会えなくなるかも、そんな得体の知れない不安があったから。

しばらく追いかけた後、オタクくんを捕獲。

これ以上逃げられないよう時刻表まで追い詰めて、トドメの壁ドン。

……はぁ、はぁ、もう。全力で走らせないでよ。汗かいちゃうじゃん。

オタクくんを追い詰めたあと、顔を隠すように俯き、乱れた呼吸を整える。

「どうして逃げたわけ? 納得のいく説明をしてもらおうか」

「合わせる顔がないと思いまして……」

「もしかして表(おもて)ちゃんに連絡しなかったこと言ってんの?」

「——はい」

問い詰めると、オタクくんは表ちゃんに連絡できなかったことに負い目を感じているようだった。

合わせる顔がない、か……。

うーん、いざ面と向かって聞かされると対応に困っちゃうよね。連絡欲しさに姿を消したのは他ならぬ私だし。

それで追い詰めてしまったのは本意じゃないというか。

後ろ髪をわしゃわしゃと弄りながら言葉を慎重に選んでいく私。

「とりあえずいくつか聞いていい？」

「はい」

「心配はしてくれた？」

「もちろんです」

「じゃあどうして連絡してあげなかったわけ？　前回と違って手段はあったわけじゃん？」

オタクくんからの連絡がなくて残念だったことを知って欲しくて。

いよいよ核心に踏み込む。真意の確認。

てっきり「ヘタレだからです」って返事だと思ってたんだけど。

「──怖く、なったんです」

「怖くなった？」

──……ん？　どゆこと？

即座には理解できずにいると、オタクくんは胸に秘めていた想いを明かしていく。

「……裏川さんや聖女様と出会ってから、毎日が楽しいと思えるようになりまして」

「あー、うん。それはどういたしまして」

「だからこそ頭をよぎるときがあるんです。いつまでこの生活を続けられるんだろうって」

「それで？」

「どうせいつか終わってしまうなら親しくならない方がいい、繋がらない方がいいって。だから連絡を躊躇うようになってしまって。もちろん根がヘタレであることは否定しようもないんですけど」

どうやらオタクくんはこの楽しい日々が終わってしまうことを早くも怯えてしまっていた。

いつかこの関係性が終わってしまうなら仲良くならない方が、繋がらない方がいざというとき傷が浅くて済む。

そんな浅はかな現実逃避が透けて見える。

まさか連絡をしてくれなかった裏にそんな否定的な思考があったなんて……なるほどね。そりゃメッセージも送信できないか。

だけどね──。

このときの私は『連絡欲しさに姿を消したこと』を棚に上げて怒りが込み上げていた。

表ちゃんと裏ちゃんである私が明確な理由もなくオタクくんの前から居なくなると思ってるわけ？

さすがにそこまで身勝手じゃないから。ちゃんとケジメをつけるつもりだし。

何より怒りを抑えられないのが、私と仲良くなりたいと思ってくれている気持ちを他ならぬ本人が抑えつけようとしているところだっての。

親交を深めたいけれど傷つきたくない？

「オタクくんさ、甘えすぎ」

「えっ？」

「この関係を続けたいならさ、その気持ちをまずは伝えなよ。最低限の努力もしないで理解してもらおうなんて都合良すぎでしょ。ウジウジしているだけなんて、正直──」

ここは――分岐点になると思う。

正直に言えば私はまだこの関係を続けたいと思ってる。

だから弱音を吐露してくれたオタクくんに成長できる機会（チャンス）を与えてあげたい。

何より私がオタクくんに失望したくないから。勇気を出して欲しいから。否定的にばかり考えないで行動に移して欲しいから。

だから感情を殺す。言いたくない本心に鞭（むち）を打ってキツい言葉を選ぶ。

「気持ち悪いよ」

悪いことばかり考えて、悩み、察して欲しいと期待する。そのくせ当人は行動しない。

やっぱり女の子からすれば思うところはあるわけで。

文字どおりオタクくんに男を見せて欲しい私は彼と出会ってから最も残酷な言葉を口にした。

不安と恐怖はある。ううん、それしかないと言ってもいい。

間違いなく傷つけたと思う。胸が、耳が、頭が痛いはず。あまりの衝撃に立ち直れなくなってしまうかもしれない。

そうなればオタクくんはますます私と距離を置くに違いない。

待っているのは自然消滅という最悪のシナリオ。

もしかしたら逆上して、私の知らない彼の一面を垣間見ることになるかもしれない。

悪口や罵倒が飛び出してくることだって。

粘着性の高いストーカーに堕ちることだってないとは言い切れない。

憎しみを、恨みを、怒りをどう処理するかは彼次第だから。

オタクくんは激痛を押し殺すように屈み込む。全身が小刻みに震えていた。

すぐさま安否を確認する私。見ているこっちも痛くなるような光景だ。


「――裏川さん」


その呼ぶ声に心臓を握られたような緊張感。現実を受け止めて前を向いて欲しい。堕ちないで欲しい。

ゆっくりと頭を上げて私を見据えるオタクくんの両目は――腐っていなかった。

前を向いて進もうとする意志が見て取れる。

たぶん自分の弱さを自覚していたんだと思う。それを私に言って欲しくて。背中を押して欲しかったんだ。

「活を入れていただいてもいいですか？」

「……わかった。それじゃ立ちなよ」

オタクくんは瞼を閉じて小刻みに身体を震わせる。

きっと覚醒のために必要な一発を所望しているんだと思う。

私は彼と接触するようになってすぐの――勇気を振り絞って表ちゃんに謝るよう説教をしたことを思い出していた。

ははっ、たしかあのとき私を優しいとか言い出したオタクくんに――。

「いくよ、覚悟はいい？」

「お願いします」

――バチンッ、と。

強烈な一撃をお見舞いする私。

あのときと同じ、デコピン。

同じ時間を共有したオタクくんならこれで想いが伝わるはずだから。

なによりこっちの方が私らしい――裏川さんらしいじゃん？

「どう？　気合い入った？」

「はい。おかげで目が醒めました。だから先にお礼を言わせてください。ありがとうございます」

その表情から私の想いを汲み取ってくれたことが見てわかった。

良かったぁぁぁ～！　ちゃんと受け止めて前を向いてくれたんだ！

ほっと胸を撫で下ろす私。たぶんこの感情は関係を続けられることに対する安堵。

ちゃんと約束を守れたらとびきりのご褒美をあげよう。

やることをやった私が帰ろうとすると、オタクくんが見送ってくれるとのこと。

余計な世話を焼かしてしまったことを申し訳なく思っている様子。

よいよい。可愛い弟子のためだもん。一肌ぐらい脱いであげるっての。

二人で電車を待つ時間は想像以上に気恥ずかしくて。何を話していいのかわからない微妙な空気に包まれる。

この雰囲気は私が連絡欲しさに姿を消したことが原因なわけで。

なのに一方的に好き放題言っちゃった。それも自分のことは棚に上げてたよね。

表川グループの社訓は『やってみせ言って聞かせてさせてみせ　褒めてやらねば人は動かじ』

幼い頃から叩き込まれてきた私がこのままなのはいただけないというか、自分で自分を許せないというか。

だから私はオタクくんをフォローしつつ、勇気を振り絞る。本心を伝えることにした。

「私はこの関係、結構気に入ってるから」

あー、あー！　言っちゃった！　言っちゃったよ！　やっぱ、めちゃくちゃ恥ずかしいんだけど！　恥っっっっず！

本当は目を見て言うつもりだったのにさ、余裕で目を逸らしちゃったじゃん！

ぜったい顔赤くなってるよね？　見られた？　照れていたところ見られたかな？

ていうか、声も上擦ってなかった？

あーもう、私にここまでのことをさせたんだからオタクくんもちゃんと約束守ってよ？　じゃなきゃ絶交だからね！

【土屋文太】

夕食を終えたあと、早めの入浴を済ませた僕は自室に引きこもっていた。
精神を落ち着かせるためだ。
関係を深めるため、踏み込むのは人生初だからね。
土屋文太の全神経を集中させないと。

裏川さんとの約束を果たすため、瞼を閉じて回想する。
始まりは登校の電車で出会った奇跡だよね。視界の端に映る聖女様に癒されてさ。
視線に気づかれた結果、裏川さんと接触するようになって。
庶民サンプルに選ばれたおかげで聖女様と登下校。まさに棚から牡丹餅だね。
雲の上の存在だったのに、ハンカチで額の汗を拭き取ってもらったこともある。
聖女様のおちゃめなところや、ゲームの腕がプロ級という意外な一面も垣間見た。
オタクである僕の方がなす術もなくフルボッコにされたのは苦くて甘い思い出だ。
裏川さんには——それはもう、たくさんからかわれてきた。
まるで新しいおもちゃを見つけたと言わんばかりに。

なのに不思議なことに、僕の背中を押してくれる大切な人になっている。

これらは全て聖女様に出会ってから起きたことだ。

今でも夢じゃないかと疑ってしまうぐらい現実味がない。


知人として。友人として。庶民サンプルとして。

ぶっちゃけどんな関係でもいいから——仲良くなりたい。

もっともっと一緒に登下校したい。会話したい。遊びたい。親交を深めたい。

恋愛どうこうじゃない。ただ他人と深く関わりたいと初めて強く思ったから。

だから——、

僕は嘘偽らざる本心をしたためていく。

推敲(すいこう)は踏ん切りがつかなくなるって前回の失敗で経験しているからね。

今回は勢いそのまま。読み返すことなく、書き上げたメッセージを送信する。まさに鉄は熱いうちに打てだ。

送信完了の通知を見届けてから文面を再確認。そこにはこう記されていた。

『土屋（つちや）です。突然ごめんなさい。どうしても伝えたいことがあってメッセージを送信させていただきました。僕は貴女と――』

【メイド】

ごきげんよう。緊急事態ですので本題に入りましょう。

お嬢さまが落ち着きません!!!!

帰宅してから制服にシワが入ることも厭わずベッドへダイブ。両足をバタつかせ、顔を枕に埋めて「うー、うううう!」と唸っておられました。

何かあったのではないかと心配になったわたくしは宥めながら、事態の把握に努めます。要領を得ない情報を整理しますと、どうやら今晩中にオタクさんから初のメッセージが送信されてくるとのこと。

おっ、おお〜! やりましたねお嬢さま!

本日は身だしなみにかける時間がいつもの倍以上、出発前から気合い十分でございましたから。

十中八九、オタクさんに会いに行くであろうと思っておりましたが。

結衣様は興奮冷めやらぬようで何を喋っているかわかりませんが、とにかく上手く行ったということでございますね。

お嬢さまからすぐ傍で控えるよう指示されたわたくしは恐れ多くもベッドに腰を下ろし、連絡を待つ態勢でございます。

視線の先はもちろん机の上に置かれたスマートフォン。

連絡が入れば、通知音で知らされる状態でございます。お嬢さまの貧乏ゆすりが止まることを知りません。摩擦でベッドが燃えないか心配で――ピコン！――⁉

「あわわわ！　めっ、めめめメイドちゃん⁉　来た！　連絡来ちゃった！　どどどどうしよう⁉」

とりあえずわたくしの胸ぐらから手を離し、ブンブン首を振り回すのをやめていただけますか。

それにしてもこの慌てよう。どういうことでしょうか。いくらなんでも、ここまで動揺されるのはずいぶんと珍しい気が――。

「おっ、落ち着いてくださいませ。誤解を恐れずに申し上げますが、ただの連絡――」

「――それが違うんだって！　今朝オタクくんの本心を聞いてさ。表ちゃんともっと仲良くなりたいんだって！　想いを伝える約束もしたし、これはオタクくんの心が贈られてきたのと一緒なの！　どうしてわからないかなぁ⁉」

わかるかァ！　ごほん失礼。つい胸中でツッコんでしまいました。声に出していませんのでどうかご容赦を。

ですがなるほど。道理で帰宅してからお嬢さまとサイボーグクロちゃんを見間違うはずでございます。だからふわふわふわされておられたのですね。

納得したわたくしはハーブティでも召し上がっていただこうとした次の瞬間、ぎゅっと恋人つなぎで手を握ってくる結衣様。

私の傍にいて——!!

声にせずともその想いが伝わってきます。

はうわ⁉

思わず変な声が出そうになるのをメイドの精神力で堪えます。オタクさん……ナイスプレーでございます!

「メイドちゃん。一生のお願い。私と一緒に見てくれない?」

「お断りすることなどあろうはずがございません」

お嬢さまの一生のお願いは優に二千回を超えていますが。

メイドたるもの口にするのは無粋でございます。

震える手でスマホを手に取るお嬢さま。

恐る恐るメッセージを確認します。

そこにはなんと——、

メッセージを開いた私の目に飛び込んできたのは――、

【表川結衣（おもてかわゆい）】

『僕は貴女と末永くお付き合いしたいです』

想像していた遥(はる)か斜め上、圏外も圏外。超ド級の求婚(プロポーズ)だった。

えっ、あの、えっ、えええええええええええええええええええええっっ⁉

エピローグ

【土屋文太】

聖女様と関係を深めたい。

勇気を振り絞って本心を伝えた僕に待っていたのは——、

「オタクくんの神モンと私の雑魚モン——『ハダカデパ小僧』交換してあげよっか」

「交換レートブッ壊れですけど⁉」

朝、通学電車の二人席で。

僕と裏川さんは化物を捕獲・育成できるゲーム、通称バケモンをしていた。

捕獲した化物は友達と交換できることを知った裏川さんが意地の悪い笑みを浮かべて現在に

至る。

「うん知ってる。私が手塩にかけて育てたバケモンをもらうのが申し訳ないんだよね？」

「逆ですよ！『ハダカデパ小僧』って、序盤に遭遇するバケモンじゃないですか」

「だから気にしなくていいって。持っていきなよ泥棒」

「太っ腹感出すのをやめていただきたい！」

「女の子に太っ腹？　うわ、セクハラじゃん。オタクくん最低」

「正確には僕がパワハラされてるんですけどねぇ⁉」

「女の子がご褒美をあげようとしているんだから素直に受け取っておきなって」

「おしおきの間違いでは⁉　って、あー！　いつの間に⁉」

「ぐすん。達者でね『ハダカデパ小僧（オタクくん）』」

「ニックネーム！　まさかこのキモ可愛くないバケモンに僕のあだ名を⁉」

「見た目がそっくりじゃん？」

「ハダカでも出っ歯でもありませんけど⁉」

「おっ元気良いね。そんなに嬉しかった？　でもお礼はいいからね。感謝されたくてやったわけじゃないし。私とオタクくんの仲だし、これぐらい当然というか」

「キャッチボール！　会話のキャッチボールをしてください！　ドッジボールになってます

よ！」

反射的にツッコむと裏川さんと視線が合う。お互い「「ふっ」」と噴き出したのを皮切りに盛大に笑い合う僕たち。

——他人に一歩踏み込んだヘタレに待っていたのはサンプル役の延長だった。

涙を黒ハンカチで拭う裏川さん。その光景に己を奮い立たせて良かったと心の底から思う。おかげでこうしてまた弄られ——じゃない、楽しい登下校の時間を送れるようになったんだから。

だけど僕にはどうしても気になっていることがある。

「ところで、あの、お聞きしたいことがありまして」

「ん？」

「これなんですけど——」

携帯を取り出してアプリを起動。

これからも会って話したい、仲良くなりたい。そんな想いが詰まった『僕は貴女と末永くお付き合いしたいです』というメッセージ。

恋愛が目的ではないものの、一世一代の告白に違いないわけで。

なんと聖女様の返信は——、

――登山のスタンプ一つ。頂には一輪の花が咲いている。

当時僕がそれを視認し、呆けることしかできなかったのは言うまでもない。

えっ、えっ、なにこれ？　登山？　どういう意味？　末永いお付き合いの壁（ハードル）は高く険しいことを示唆しているんだろうか？

だとしたら僕の告白はやんわりと断られたことになるわけで。

ナシよりのナシってことですか？

意図がわからない――⁉

補足を求めるも、それから聖女様の返信はなく。

気がつけばこうしてサンプル役の延長。僥倖（ぎょうこう）であることには間違いないんだけど、ストンと腑（ふ）に落ちないというか……！

「っ」

スタンプを視認した裏川（うらかわ）さんはすぐさま視線を窓に逸らしていた。

どこか気まずそうな、それで照れているようにも見える。

言うまでもなく彼女らしからぬ行動。

こっ、この反応はもしかして——!?

さすがは聖女様の親友。すでに真意を聞かされているのかもしれない!

「さては何か知っているんですね？　教えてください!　ずっと気になってるんです!」

「あー、うん、その……」

「どうして顔を逸らすんですか!　こっち向いてくださいよ!」

「さっ、さあ。たまには自分で考えてみたら？」

「そんなあ……」

裏川さんは明らかに何かを隠している様子。まさか知らぬが仏ってことですか!?

うな垂れていると僕の頭部がポンポンと叩かれる。

「まっ、これからもよろしくねオタクくん」

見上げると視界に飛び込んできたのは裏川さんのとびきりの笑顔だった。

それはスタンプの意味なんてどうでも良くなってしまうほど魅力的で。

返事に迷うことなどあろうはずがない。

「はい！　これからもよろしくお願いします」

スタンプの意味……？

高嶺の花（聖女様）を摘めるかどうかは登山者（オタクくん）次第ってことに決まってんじゃん。

言っとくけどこの山は高くて険しいから。一筋縄じゃいかないからね、なんて。

「オタクくんは【裏】（私）の指南で、【表】（私）を攻略できるかな？」

【表川結衣（おもてかわゆい）】

あとがき

ご無沙汰しております。もしくは初めまして。急川回レです。

本作は三シリーズめのラブコメ作品となりました。

過去作をお手に取った読者様はさぞ驚かれたことでしょう。

あの急川が――黒髪美少女の毒舌で興奮する変態の急川が金髪ヒロインを書いただと――⁉

この際、作者の性癖がなぜ露呈しているのか追及するつもりはありません。

どうせ不徳の致すところなんでしょ？

いや、もちろん身に覚えはないからね？

だって私生活じゃ『気品は貴方のために生まれた言葉』とか褒められてますし。

気分を良くしたあと、鏡見たらチャック開いてたけど。

気品じゃなくて下品じゃねえか！

ええい、誤魔化すのはやめだやめだ。潔く認めますよ。ゲロった方が楽になれますからね。

急川は黒髪美少女の侮蔑、冷たい視線、ジト目が大好物です。

「こっちを見ないでもらえるかしら」

「近づかないで」

「気持ち悪いわね」は悪口ではなく、ご褒美だと信じて止みません。

いいですよね、言葉攻め。最高です。

過去作のラブコメにそういった欲望が反映されていなかったと言えば嘘になります。

では、本作のヒロイン——金髪の裏ギャルちゃんはどのように誕生したのか。

その答えは金髪ギャルにからかわれると楽しそうだからです。

いえ、正確にはその光景が羨ましかったからでしょうか。

昨今、オタクに優しいギャルが実在するかどうか白熱した議論を目にしますが、私は存在しない派です。

ただし、オタクをからかって楽しそうにしているギャルは実物を見たことがありまして。

学生時代、サブカルではありませんが、ある分野に傾倒しているオタクくんがいました※残念ながら作者ではありません！

独特の感性を持つ彼の言動は予想もつかないことがしばしば。

詳細は割愛しますが、女子生徒が集合に必要な情報をオタクくんに伝えたことがあったのですが、
寡黙だった彼は「御意」と返答。

言うまでもなく女子生徒は「御意⁉」と驚いたあと、大爆笑。見事どツボにハマった様子。

それ以降、オタクくんの反応や発言が楽しみだったのか、ちょっかいを頻繁にかけるように

なっていました。

恋愛にこそ発展しなかったものの、その光景はただただ妬まし——じゃなくて、羨ましいものだったわけです。

その記憶が、本作が誕生するきっかけの一つかもしれません。

謝辞です。担当編集N村様。

氏がやはり、むちむちの太ももに取り憑かれているド変態——げふんげふん、紳士であることは再確認できました。

前作から引き続きお世話になりました。今後とも何卒よろしくお願い申し上げます。

イラストを担当してくださりました、なたーしゃ様。

表と裏、同一人物でありながら異なる魅力を見事表現してくださりました。

表は太陽である聖女様、裏は月である裏ギャルちゃん、どちらも最高です！

本作を手に取ってくださった読者様にはこの場をお借りしてお礼申し上げます。ありがとうございます！

最後に本作に携わってくださった全ての皆様に感謝申し上げます。

急川回レ

◉急川回レ著作リスト

「裏ギャルちゃんのアドバイスは100%当たる
「だって君の好きな聖女さま、私のことだからね」」（電撃文庫）
「奴隷からの期待と評価のせいで搾取できないのだが」（単行本　電撃の新文芸）
「奴隷からの期待と評価のせいで搾取できないのだが2」（同）

本書に対するご意見、ご感想をお寄せください。

ファンレターあて先
〒 102-8177　東京都千代田区富士見 2-13-3
電撃文庫編集部
「急川回レ先生」係
「なたーしゃ先生」係

本書は、「電撃ノベコミ+」に掲載された『裏ギャルちゃんのアドバイスは100%当たる』を加筆、修正したものです。

電撃文庫

裏ギャルちゃんのアドバイスは100%当たる
「だって君の好きな聖女様、私のことだからね」

急川回レ

2024年4月10日　初版発行

発行者　山下直久
発行　株式会社KADOKAWA
〒102-8177　東京都千代田区富士見2-13-3
0570-002-301（ナビダイヤル）
装丁者　荻窪裕司（META＋MANIERA）
印刷　株式会社暁印刷
製本　株式会社暁印刷

●お問い合わせ
https://www.kadokawa.co.jp/（「お問い合わせ」へお進みください）
※内容によっては、お答えできない場合があります。
※サポートは日本国内のみとさせていただきます。
※ Japanese text only
※定価はカバーに表示してあります。

ISBN978-4-04-915338-5　C0193　Printed in Japan

電撃文庫　https://dengekibunko.jp/

電撃文庫DIGEST　4月の新刊

発売日2024年4月10日

第30回電撃小説大賞《選考委員奨励賞》受賞作 新作 **汝、わが騎士として** 著／畑リンタロウ　イラスト／火ノ	地方貴族の末子ホーリーを亡命させる——それが情報師ツシマ・リンドウに課せられた仕事。その旅路は、数多の陰謀と強敵が渦巻く過酷な路。取引関係の二人がいつしか誓いを交わす時、全ての絶望は消え失せる——！
声優ラジオのウラオモテ #10 夕陽とやすみは認められたい？ 著／二月 公　イラスト／さばみぞれ	「佐藤。泊めて」母に一人暮らしを反対され家出してきた千佳は、同じく母親と不和を抱えるミントを助けることに。声優を見下す大女優に立ち向かう千佳だったが、由美子は歪な親子関係の『真実』に気づいていて——？
声優ラジオのウラオモテ DJCD 著／二月 公　イラスト／巻本梅実 キャラクターデザイン／さばみぞれ	由美子や千佳といったメインキャラも、いままであまりスポットライトが当たってこなかったあのキャラも……。『声優ラジオのウラオモテ』のキャラクターたちのウラ話を描く、スピンオフ作品！
新説 狼と香辛料 **狼と羊皮紙X** 著／支倉凍砂　イラスト／文倉 十	公会議に向け、選帝侯攻略を画策するコル。だが彼の許に羊の化身・イレニアが投獄されたと報せが届く。姉と慕うイレニアを救おうと奮起するミューリ、どうやらイレニアは天文学者誘拐の罪に問われていて——。
創約　とある魔術の禁書目録（インデックス）⑩ 著／鎌池和馬　イラスト／はいむらきよたか	アリス＝アナザーバイブルは再び復活し、それを目撃したインデックスは捕縛された。しかし、上条にとって二人はどちらも大切な人。味方も敵も関係ない。お前たち、俺が二人とも救ってみせる——！
男女の友情は成立する？（いや、しないっ!!） Flag 8.センパイがどうしてもってお願いするならいいですよ？ 著／七菜なな　イラスト／Parum	「悠宇センパイ！　住み込みで修業に来ました!!」試練のクリスマスイブの翌朝。悠宇を訪ねて夏目家へやって来たのは、自称“you”の一番弟子な中学生。先の文化祭で出会った布アクセクリエイターの芽衣で——。
悪役御曹司の勘違い聖者生活3 ～二度目の人生はやりたい放題したいだけなのに～ 著／木の芽　イラスト／へりがる	長期の夏季休暇を迎え里帰りするオウガたち。海と水着を堪能する一方、フローネの手先であるアンドラウス侯爵に探りを入れる。その矢先、従者のアリスが手紙を残しオウガの元を去ってしまい……第三幕《我が剣編》！
あした、裸足でこい。5 著／岬 鷺宮　イラスト／Hiten	あれほど強く望んだ未来で、なぜか『彼女』だけがいない。誰もが笑顔でいられる結末を目指して。巡と二斗は、最後のタイムリープに飛び込んでいく。シリーズ完結！　駆け抜けたやり直しの果てに待つものは——。
僕を振った教え子が、1週間ごとにデレてくるラブコメ2 著／田口一　イラスト／ゆがー	志望校合格を目指すひなたは、家庭教師・瑛登の指導で成績が上がり、合格も目前！？　……だけど、受験が終わったら二人の関係はどうなっちゃうんだろう。実は不器用なラブコメ、受験本番な第二巻！
新作 **凡人転生の努力無双** ～赤ちゃんの頃から努力してたらいつのまにか日本の未来を背負ってました～ 著／シクラメン　イラスト／夕薙	通り魔に刺されて転生した先は、“魔”が存在する日本。しかも、“祓魔師”の一族だった！　死にたくないので魔法の練習をしていたら……いつのまにか最強に!?　規格外の力で魔を打ち倒す、痛快ファンタジー！
新作 **吸血令嬢は魔刀（おれ）を手に取る** 著／小林湖底　イラスト／azuタロウ	落ちこぼれの「ナイトログ」夜凪ノアの力で「夜煌刀」となった古刀逸夜。二人はナイトログ同士の争い「六花戦争」に身を投じてゆく——！！
新作 **裏ギャルちゃんのアドバイスは100％当たる** 「だって君の好きな聖女様、私のことだからね」 著／急川回レ　イラスト／なたーしゃ	朝の電車で見かける他校の“聖女様”・表川結衣に憧れるいたって平凡な高校生・土屋文太。そんな彼に結衣はギャルに変装した姿で声をかけて……！？“（本人の）100％当たるアドバイス”でオタクくんと急接近！？
新作 **これはあくまで、ままごとだから。** 著／真代屋秀晃　イラスト／千種みのり	「久々に恋人ごっこしてみたくならん？」「お、懐かしいな。やろうやろう」幼なじみと始めた他愛のないごっこ遊び。最初はただ楽しくバカップルを演じるだけだった。だけどそれは徐々に過激さを増していき——。